KB078537

마도신화전기

동은 퓨전 판타지 소설

FUSION FANTASTIC STORY

마도신화전기 5

동은 퓨전 판타지 소설

초판 1쇄 찍은 날 § 2015년 3월 5일
초판 1쇄 펴낸 날 § 2015년 3월 12일

지은이 § 동은
펴낸이 § 서경석

편집부장 § 권태완
편집책임 § 이창진

펴낸곳 § 도서출판 청어람
등록번호 § 제387-1999-000006호
등록일자 § 1999. 5. 31
어람번호 § 제1-2069호

주소 § 경기도 부천시 원미구 부일로 483번길 40 서경B/D 3F (우) 420-822
전화 § 032-656-4452 팩스 § 032-656-4453
http://www.chungeoram.com
E-mail § chungeorambook@daum.net

ⓒ 동은, 2014

ISBN 979-11-04-90144-7 04810
ISBN 979-11-04-90039-6 (세트)

Wish of Magic Power

마도신화전기

5

동은 퓨전 판타지 소설

FUSION FANTASTIC STORY

도서출판 청람

마도신화전기

Myth of Magic power

CONTENTS

Chapter 1. 폭풍이 오기 전에

메시나 공작은 싱싱한 딸기를 입안에 넣고 우물거렸다. 그가 포도주를 마시자 옆에 서 있던 아리따운 엘프가 빈 잔을 채워주었다.

메시나 공작 앞, 작은 광장에서는 두 명의 건장한 오크들이 살벌한 사투를 벌이는 중이었다. 팔이 잘리고 피가 튀지만 누구 하나 물러설 기미가 보이지 않았다.

"크흑."

이윽고 한 오크가 돌부리에 걸려 넘어졌다. 상대편 오크는 그 틈을 놓치지 않고 넘어진 자의 어깨에 검을 박았다. 어깨가 너덜너덜해진 오크는 전투력을 상실했다.

"허허허, 이것 참. 오늘은 운이 좋습니다. 연달아 세 판을 내리 이기네요."

메시나 공작 옆에 앉아 있던 아모스 공작이 너털웃음을 터뜨렸다. 그는 탁자 위에 있는 동전 주머니를 들었다. 100골드가 들어 있으니 상당히 묵직했다.

"크흠."

메시나 공작은 기분 나쁜 신음을 흘렸다. 그의 손아귀에 들어 있던 포도주 잔은 산산조각이 나며 흩어졌다. 손바닥에서 한 방울의 피가 흘렀다. 놀란 엘프 노예가 다가와 그의 손바닥을 손수건으로 감쌌다.

"저리 꺼져!"

메시나 공작이 벌떡 일어났다. 놀란 엘프 노예는 고개를 숙이며 급히 뒤로 물러났다.

그는 호위를 위해 뒤편에 시립하고 있던 기사의 옆구리에서 검을 뽑았다.

메시나 공작은 큰 상처를 입은 채 숨을 헐떡이고 있는 오크에게로 다가갔다. 오크의 눈빛에는 두려움이 가득했다. 한쪽 눈동자에서는 눈물이 흘러내렸다.

"빌어먹을 자식. 이따위로 싸우고 살기를 바라더냐."

메시나 공작은 검을 휘둘러 오크의 목을 단숨에 잘랐다. 잘린 오크의 머리가 연무장 구석으로 데굴데굴 굴러갔다. 엘프 노예들이 연무장으로 뛰어들어 죽은 오크의 시체를 치우고는 바닥에 묻은 피를 닦아냈다.

검에 묻은 피를 털어낸 메시나 공작은 다시 자리에 돌아와 앉았다.

"계속하시겠소이까?"

아모스 공작은 입술을 혀로 훑으며 말했다.

"당연하지요."

"허허허, 이번에는 얼마를 거실 겁니까, 메시나 공작."

"500골드."

"너무 세게 지르는 것 아닙니까?"

"괜찮소."

메시나 공작은 탁자 위에 500골드를 놓았다. 상당한 양이었다. 아모스 공작 역시 500골드를 탁자 위에 놓았다.

"시작해."

메시나 공작이 손가락을 까닥이자 그의 진영에서 아담한 체구의 오크가 나왔다. 얼굴도 어렸다. 아직 성체가 되지 못한 오크였다.

"노예병이 이제 없나 봅니다. 저런 어린아이까지 투입하시는 걸 보면. 돈이 남아도는가 보구려."

아모스 공작이 빈정댔다.

"흥, 두고 보면 알 것이오."

메시나 공작은 어금니를 물었다.

죽음의 대결이 시작되었다. 덩치 큰 오크가 왜소한 오크를 마구 밀어붙였다. 언뜻 보기에도 상대가 되지 않았다. 하지만 왜소한 오크는 날렵한 몸놀림으로 강력한 공격을 잘 피해냈다.

계속해서 죽음의 대결을 펼쳤던 덩치 큰 오크의 체력이 빨리 떨어졌다.

그의 입술에서 뜨겁고 거친 숨을 흘러나왔다.

그 틈을 놓치지 않고 왜소한 오크가 검을 찔렀다. 덩치 큰 오크가 막으려고 했지만 행동이 너무 느렸다. 덩치 큰 오크가 미처 방어를 하기 전에 왜소한 오크의 검이 목을 찔렀다.

목이 찔린 덩치 큰 오크는 비명도 지르지 못하고 그대로 절명했다.

죽임을 당한 이유를 모르는지 오크는 두 눈을 부릅뜨고 죽었다.

왜소한 오크는 그의 눈을 감겨주었다.

"전사여, 인간들에게 모욕을 당하느니 짧은 고통을 느끼는 것이 나을 것이다."

왜소한 오크는 작게 속삭였다.

"저, 저런."

아모스 공작은 얼굴을 찡그렸다. 성체도 되지 않은 꼬마가 저토록 쉽게 거구의 오크 검투노예를 쓰러뜨릴 줄은 몰랐다.

"운이 좋군요, 메시나 공작."

"글쎄요, 운일까요?"

"판돈을 올립시다."

"마음대로 하시구려."

메시나 공작은 껄껄 웃었다.

기분이 좋아진 모양이었다.

겉으로 보기에 두 사람은 사이가 좋아 보인다. 하지만 속으로 깊게 들어가면 아모스 공작과 메시나 공작은 사이가 매우 나빴다.

세력이 비슷하여 균형을 맞추고 있지만 어느 한쪽이 무너지면 득달같이 달려들어 목줄을 끊었을 것이다.

정치적인 만남이 아니었다면 이런 회담 자리도 없었을 터였다.

아모스 공작은 판돈을 700골드까지 올렸다. 그의 진영에서 나온 오크는 신장이 2m가 넘었다. 오크가 들고 있던 도끼는 무게가 상당하여 기사들이 들지 못할 정도였다.

누가 보더라도 왜소한 오크는 상대가 되지 않았다. 도끼에 스치기만 하더라도 죽을 것만 같았다.

하지만 반전이 일어났다. 거구의 오크는 제대로 된 힘 한 번 쓰지 못하고 심장에 구멍이 뚫려 죽었다.

"이, 이럴 수가."

아모스 공작은 경악했다. 7서클에 달하는 마법사이자 뛰어난 두뇌를 가진 그였지만 지금 상황은 이해할 수가 없었다. 그의 상식으로는 왜소한 오크가 절대로 이겨서는 안 되었다.

메시나 공작이 뭔가 수작을 부린 것이 분명했다.

"1,000골드!"

아모스 공작은 판돈을 올렸다.

"껄껄껄, 좋을 대로 하시구려."

메시나 공작은 너털웃음을 터뜨렸다.

2m 30㎝에 달하는 오크가 등장했다. 너무 난폭하여 아모스 공작 진영에서도 제대로 다루기 힘든 오크 검투노예였다. 소형 오거라고 해도 믿을 정도의 엄청난 덩치였다.

저놈을 잡는 데 몬스터 헌터 7명이 희생되었다고 들었다. 너무도 난폭한 성격으로 인해 다루기가 극히 힘들었다.

하지만 전투력만큼은 최고였다. 하여 놈의 몸값은 자그마치 300골드에 달했다.

그런 거금을 투자한 이유는 바로 이것이다. 메시나 공작의 코를 납작하게 만들기 위해서.

오크의 팔목과 목에는 강철로 된 쇠사슬이 걸려 있었다. 흉폭성을 이기지 못하고 같은 종족인 오크 세 마리를 찢어 죽이기도 했다.

아모스 공작은 어금니를 물었다. 놈이 먹어치우는 식량만 하더라도 어마어마하다. 거대한 오크는 이번 기회에 몸값 값을 해야 할 터였다.

자그마치 1,000골드 내기. 평민들은 평생 벌어도 구경조차 하지 못할 거금이었다.

쿠아아아아!

오크의 피어가 주변을 휩쓸었다. 간담이 약한 몇몇 노예들은 오줌을 찔끔찔끔 지렸다. 병사들이 오크의 쇠사슬을 재빨리 풀고는 뒤로 물러났다.

거구의 오크는 다짜고짜 왜소한 오크를 향해서 덤벼들었다.

상대를 맨손으로 찢어 죽이려고 한다. 왜소한 오크는 무척이나 침착했다. 매우 불리한 상황에서도 당황하거나 절망하는 표정을 짓지 않는다.

그는 거구의 오크의 공격을 요리조리 잘 피해 다녔다. 등줄기에서 식은땀이 날 정도로 아슬아슬했지만 끝내 잡히지 않았다.

거구의 오크는 주먹을 휘두르고 발길질을 하고 거대한 도끼를 들어서 휘둘러도 왜소한 오크를 잡을 수가 없었다.

거구의 오크가 지쳐 갔다. 그는 숨을 헐떡였다. 왜소한 오크는 그 틈을 놓치지 않고 거구의 오크의 등 뒤로 돌아가 목덜미에 검을 깊숙이 박았다.

거구의 오크는 눈이 뒤집히더니 쓰러져서 일어나지 않았다.

"와아아~!"

기사들조차 탄성을 내질렀다. 원숭이처럼 재빠른 몸놀림과 절묘한 한 수였다. 호랑이 아가리에 머리를 넣을 수 있다는 담력이 아니라면 결코 해낼 수 없는 묘수 중의 묘수.

쾅!

아모스 공작은 탁자를 내려쳤다. 탁자 위에 있던 금화가 바닥에 떨어져 흩어졌다. 엘프 노예들이 다가와 급히 금화를 주웠다.

"이이익."

아모스 공작은 그의 옆에서 금화를 줍던 엘프의 머리통을 움켜쥐었다.

화르르르.

엘프의 머리통에 불이 붙었다.

"아아아악! 살려주세요. 살려주세요, 나으리."

아모스 공작은 어린 엘프의 작은 소망을 들어주지 않았다. 엘프의 피부가 녹는다.

순식간의 불길은 몸 전체로 퍼졌다. 엘프는 끔찍한 고통에 발버둥을 쳤다.

숨이 다한 엘프가 쓰러졌다.

고기 타는 냄새가 진동을 했다. 역겨운 고기 타는 냄새가.

"저 어린 오크, 이름이 뭡니까?"

아모스 공작이 물었다.

"글쎄요, 겨우 오크 따위의 이름을 제가 어찌 압니까."

메시아 공작은 어깨를 으쓱거렸다. 그는 등 뒤에 서 있던 기사에게 왜소한 오크의 이름을 물었다. 기사는 메시나 공작의 귀에 작게 속삭였다.

"코일코라고 하는군요."

"코일코……. 저 오크를 저에게 파십시오. 값은 후하게 쳐 드리겠습니다."

"탐나십니까?"

"그럴 리가요."

"그럼 왜 팔라고 하는 겁니까?"

"저에게 큰 손해를 입혔으니 가만히 둘 수는 없지요."

아모스 공작의 눈빛에서 서늘한 빛이 흘렀다. 아모스 공작은 개혁파의 수장이다. 냉철한 이성과 뛰어난 두뇌를 가지고 있지만 뒤끝이 있는 성격이었다.

큰 손해를 본 그는 코일코를 용서할 수가 없었다.

"후후, 언젠가 넘겨 드리지요. 하지만 아직은 아닙니다."

메시나 공작은 손사래를 쳤다.

저렇게 뛰어난 능력을 지닌 오크 노예를 함부로 내줄 수는 없었다.

최소한 10만 골드 이상을 벌어들일 수 있는 존재였다. 코일코를 아모스 공작에게 넘기는 것은 이용 가치가 떨어졌을 때뿐이었다.

코일코는 그들의 얘기를 똑똑히 들었다.

*   *   *

달이 구름에 가려 보이지 않는 어두운 밤.

황궁만큼이나 넓은 메시나 공작의 저택 내부를 누군가 은밀하게 움직였다.

발소리도 들리지 않는다. 상당히 가벼운 발걸음이었다.

허름한 하인의 복장을 입은 그는 코일코였다. 키가 상당히 자랐다. 이제는 어린아이로 보기는 힘들었다. 수련을 빼먹지 않았던지 근육이 잘 발달되었다.

저벅저벅.

두 명의 경비병이 횃불을 들고 순찰을 돌았다. 코일코는 재빨리 벽에 몸을 붙였다. 호흡을 가다듬고 곤에게 배운 내공을 일으켰다. 그의 인기척이 씻은 듯이 사라졌다.

경비병은 코일코의 앞을 지나쳤다. 바로 코앞에 코일코가 있었지만 경비병은 알아차리지 못했다.

경비병이 사라지자 코일코가 다시 움직였다. 그가 간 곳은 저택에서 쓰지 않는 물건들을 쌓아놓는 창고였다.

끼이익.

창고의 문을 열자 녹슨 쇠가 부딪치는 소리가 났다. 코일코는 내공을 손으로 모아 소리를 줄였다. 문을 열고 몸을 옆으로 세워 창고 안으로 들어갔다.

—코일코인가?

어둠 속에서 기이한 음성이 들렸다. 여자 같기도 하고 남자의 목소리 같기도 했다. 울림이 있어 목소리가 어디서 나오는지 제대로 가늠하기가 힘들었다.

"네."

코일코는 대답했다.

—시간이 정해졌다.

"그렇습니까."

코일코의 목소리가 딱딱하게 굳었다. 긴장을 하는 모습이었다. 그럼에도 눈빛은 강건하다. 비록 슬프고 아픈 일을 겪었지만 그는 성장했다.

—받아라.

어둠 속에서 흰 손가락이 나왔다. 검지에 룬어가 새겨진 보석이 박힌 반지를 끼고 있었다. 손가락은 무척이나 길고 가늘었다. 남자의 손은 확실히 아니었다.

코일코는 한쪽 무릎을 꿇었다.

공손이 양쪽 손바닥을 내밀었다. 하얀 손은 그의 손바닥에 접힌 종이 한 장을 놔두었다.

─거대한 불길을 일으키기 위해서는 숭고한 희생이 필요한 법이다. 그 말을 명심하도록 하여라.

"명심하겠습니다."

그 말을 끝으로 어둠 속의 인기척이 사라졌다. 인기척이 사라진 것을 느낀 코일코는 손바닥에 놓인 종이를 펴 보았다.

"음……."

그의 미간이 좁혀졌다.

글을 모두 읽자 종이에 불이 붙었다. 종이는 재도 남기지 않고 사라졌다.

종이에 적힌 글자를 모두 외운 코일코는 조심스럽게 창고를 나왔다.

*　　　　*　　　　*

"으아아아! 우리가 말이야! 왜 맨날 말처럼 뛰어야 해!"

성도 카르텔의 병풍처럼 둘러싸고 있는 세인트 산.

용병들은 말처럼 뛰고 있었다.

허벅지가 터질 때까지.

심장이 입 밖으로 튀어나올 때까지.

이곳에 도착한 후 첫 날을 빼고는 매일같이 뛴다. 덕분에 남아 있던 군살을 완벽하게 빠졌다. 몸무게는 그대로지만 몸은 더 커 보였다. 근육들이 나날이 늘어났다.

그럼에도 그들은 뛴다.

단전이 생기고 마나를 약간 다룰 줄 안다고 해서 수련이 끝나는 것이 아니었다.

강함에는 끝이 없다.

강함을 추구하기 위해서는 기본적인 체력이 밑바탕 되어 있어야 했다.

곤은 용병들과 같이 뛰었다.

'나보다 늦으면 열 바퀴 더' 라는 사심 없이 살벌한 말과 함께.

곤은 샤먼이지만 기본적으로 전사였다. 오크들과 함께하며 그는 전사로서 성장했다. 돈으로 환산할 수 없을 만큼 귀중한 시간이었다.

덕분에 체력만큼은 누구에게도 지지 않을 자신이 있었다.

"후우."

곤이 가장 먼저 공터에 들어왔다.

약간의 시간차를 두고 용병들이 도착했다. 용병들은 벌렁 자빠져 입에서 거품을 물었다.

자신들은 말이 아니라고 중얼거렸지만 곤과 씽, 안드리안은 듣지 못한 듯 행동했다.

쓰러져 있는 용병들을 보며 곤은 빙그레 웃었다. 각 조 조장은 곤보다 열 살 이상이 많았다. 조혼이 성행하는 이곳에서는 할아버지가 될 수도 있는 나이였다.

그럼에도 누구 한 명 불평불만을 터뜨리는 자들은 없었다.

그들에게서 한이 느껴졌다. 한이 깊은 만큼 강해지는 속도로 월등하게 빨랐다.

물론 아직 갈 길이 멀었다.

겨우 단전이 형성되었고 마나를 느낄 정도였다. 자유자재로 마나를 사용하기 위해서는 최소 몇 년, 길게는 십 년 이상이 걸릴 것이다.

용병들도 그것을 안다.

늦게 시작한 만큼 남들보다 곱절의 노력을 해야 한다는 것을.

그럼에도 그들은 좌절하지 않았다.

처음으로 느껴보는 마나의 힘에 용병들은 흥분했다.

누구도 가르쳐 주지 않았던 그 힘.

아무도 가르쳐 주지 않았던 그 힘.

그토록 배우고 싶었던 그 힘.

꿈에서조차 볼 수 없었던 그 힘을 드디어 느낀 것이다. 그들의 입장에서 곤과 안드리아는 평생 은혜를 갚아야 할 고마운 존재였다.

"자, 지금 피로도가 극에 달했을 것이다. 무척이나 힘들겠지."

곤은 쓰러져 있는 용병들에게 말했다. 용병들은 최대한 불쌍한 표정을 지으며 고개를 끄덕였다. 몇몇은 눈물을 글썽이기까지 한다.

강해지는 만큼 연기력도 많이 늘었다.

곤은 웃음이 터지려는 것을 억지로 참았다.

"그래, 표정들 보니 정말 힘들다는 것을 알겠다. 그러니 가볍게 대련을 하자."

"대, 대련이요?"

용병들의 표정이 독이 든 벌레를 씹은 것처럼 변했다. 그들의 표정이 너무 다채롭다.

곤은 씽을 보았다. 씽은 입술을 뒤틀며 앞으로 나왔다. 용병들의 눈동자가 흔들렸다. 마치 지옥에서 온 사자를 본 듯한 표정이었다.

"저, 저희가 어떻게 씽과 손을 섞을 수 있겠습니까. 상대가 되지 않습니다. 차라리 저희끼리 대련을 하는 것이 나을 것입니다."

게론이 다급하게 말했다. 어떡하든 씽과 대련을 하기 싫었다. 그에게 인정이란 단어는 존재하지 않았다. 말도 통하지 않았다.

그의 주먹에는 커다란 가르침이 있었다. 평생 잊지 못할 강렬한 가르침이.

"대련이라기에는 뭐하군. 버텨라. 최선을 다해서 마지막까지 버티면 오늘 훈련에서 열외를 시켜주겠다."

"여, 열외."

아직 오전도 지나지 않았다.

열외라면 하루를 통째로 쉬게 해줄 수도 있다는 말이었다.

용병들은 열광했다.

일단은 씽의 공격만 버티면 된다. 씽은 엄청나게 강하지만 그렇다고 살수를 쓰지는 않았다. 마나를 이용한다면 조금의 시간은 버틸 수가 있다고 생각했다.

"이야야얏! 열외는 내 것이다!"

게론이 외쳤다.

"웃기지 마. 내 거야!"

용병들은 게론을 제치고 씽에게 덤벼들었다.

"뇌가 미쳤군."

씽은 어이가 없었다.

그는 가장 선두에 서서 달려오는 닉소스를 향해서 가볍게 주먹을 휘둘렀다. 닉소스가 갑자기 사라졌다. 그는 용병들 가장 뒤편에 떨어졌다. 입에 거품을 물고 기절했다.

"어라?"

용병들이 멈췄다. 닉소스가 그들의 머리 위로 새처럼 날아가는 것을 보고는 망상에서 현실로 돌아왔다. 그들의 코앞에는 씽이 있었다.

"아……."

퍼어어억!

한 명씩, 한 명씩 새처럼 날아갔다.

씽과 용병들의 대련을 지켜보던 안드리안은 어금니를 물었다. 갈수록 씽과 실력에서 차이가 벌어지는 것 같았다. 아니, 벌어졌다.

아무리 '하렘의 심장'을 이식했다고 하더라도 이 정도까지 차이가 날 줄은 몰랐다. 만월이 뜨고 삼안이 눈을 뜬다고 하더라도 승부를 장담할 수가 없었다.

더군다나 삼안은 만월이 뜨는 날에만 반응한다. 삼안이 본인의 실력이라고 할 수가 없었다. 본신의 실력을 키우는 것이 중요했다.

그녀는 대검을 움켜쥐었다. 여자지만 완력은 어느 사내보다 자신이 있었다. 그렇기에 바스타드 소드보다 거대한 대검을 선택했다.

이제는 다른 선택을 해야 할 때가 왔다. 일격필살의 검술을 더욱 갈고닦든지 힘을 줄이는 대신에 속도를 향상시키든지.

그녀는 대검을 들고 산 속으로 발길을 옮겼다.

"안드리안, 어디 가세요?"

곤이 물었다.

"나 당분간 찾지 마."

"네?"

"생각할 게 있어서 그래. 그리 오래 걸리지는 않을 거야."

곤은 고개를 끄덕였다.

얼마 전부터 그녀가 사색에 잠기는 일이 많았다. 그녀가 왜 그러는지 곤도 조금은 알고 있었다. 안드리안이 용병단 단장이지만 용병들은 그녀보다 곤을 더 따랐다. 곤은 그녀의 눈치가 보여 가끔은 부담스러울 때도 있었다.

안드리안은 내색을 하지 않았다. 그럼에도 그녀의 심기가 조금씩 불편해질 것이라는 것을 곤은 느꼈다.

용병들은 강한 자를 따른다. 정치가 최대한 배제된 집단이었다. 그렇기에 그들은 곤을 따랐다. 안드리안도 그것을 안다. 그녀의 고민은 하나. 자신의 실력이 뒤처지고 있다는 것이었다.

지금 그녀는 결단을 내렸다.

그녀가 강해져서 다시 돌아올 것이라는 믿음을 곤은 가지고 있었다.

"기다릴게요."

"훗, 기다리지 말고 챙겨 먹고 있어."

*   *   *

테일즈 백작은 장신의 중년 사내였다. 얼굴에 각이 지고 눈매가 부리부리하다.

혹자는 그를 가리켜 제국의 호랑이라고 부르기도 했다. 하긴 그가 자는 모습을 보면 호랑이가 웅크리고 있다고 많은 사람들이 착각을 하기도 한다.

곤과 원수 관계로 발전한 전장의 마녀 샤를론즈의 아버지이기도 하였다.

그는 본인의 집무실에서 장남인 텐바와 자리를 같이했다. 텐바는 테일즈 백작의 친가보다는 외가를 많이 닮았다. 아들을 보고 있자면 죽은 아내가 떠올랐다. 특히 웃을 때 생기는 반달 모양의 눈매는 아내와 판박이였다.

하나, 성격은 아내와 달랐다. 아내는 다정다감한 성격이나 텐바는 속을 알 수 없을 정도로 말수가 적었다. 다정하지도 않았다. 언뜻 보기에도 냉기가 풀풀 풍긴다.

성격만큼은 외가와 친가 모두를 닮지 않았다. 제국의 호랑이라고 불리는 테일즈 백작조차 종종 아들의 머리에서 생각나는 계획이 두려워질 때가 있었다.

테일즈 백작은 차를 마셨다. 텐바는 그런 아버지를 물끄러미 바라봤다. 차를 반쯤 비운 테일즈 백작이 아들에게 물었다.

"정말로 이 계획을 실행할 테냐?"

"해야지요. 비록 '하렘의 심장'을 얻는 것은 실패했지만. 그렇다고 주저앉을 수는 없습니다. 그것은 계획의 한 방편일 뿐 절대적인 것이 아닙니다. 그것이 아니라도 저희는 준비되어 있습니다."

텐바는 단호하게 말했다.

"하렘의 심장이라, 하긴 샤를론즈가 실패할 줄은 몰랐다. 그렇다고 하더라도 네가 이 계획을 실행하면 제국의 정국은 큰 혼란에 빠지게 된다. 우리를 노리는 승냥이들이 갈기갈기 찢어 먹을지도 모르지."

"이미 제국은 늙은 사자입니다. 제국의 법령도, 가치도 모두

낡았지요."

"음, 네가 바라는 것이 무엇이냐."

"낡은 도덕이 가치를 상실했을 때 생겨나는 그것을 바랍니다."

"으음."

테일즈 백작은 아들이 무엇을 말하는지 알고 있었다. 함부로 입을 열기도 두려운 말이었다. 얼마나 많은 생명을 앗아갈지 상상도 가지 않는 그 말.

"난세(亂世)."

테일즈 백작의 눈빛이 흔들렸다. 지금 아들은 너무도 위험천만한 생각을 가지고 있었다. 그의 사상이 밖으로 새어 나간다면 아무리 테일즈 백작 가문이라고 하더라도 3족이 멸(滅)당하고 만다.

"다시는 그런 말을 입 밖에 꺼내지 말거라."

테일즈 백작은 황실에 대한 충성도가 높은 편이었다. 본인이 황제가 된다거나 대제후가 되겠다는 생각은 가진 적이 없었다.

하지만 아들은 달랐다. 장남뿐만 그런 것이 아니다. 장녀인 샤를론즈도 그러했고 차남인 테미스도 별반 다르지 않았다.

자식 농사를 잘 지은 편이지만 이들의 사상은 너무도 위험했다.

"아버님, 아버님은 황실이 얼마나 가신다고 생각하십니까. 제국이 태어난 지 800년. 한때는 태평성대를 이루었지만 지금도 그러하다고 생각하십니까? 개혁파든 보수파든 오직 자신들의 이익만 추구하는 박쥐 같은 자들이 황실을 점령하고 있습니다. 백성들의 안위 따위는 안중에 없지요. 그러나 다른 왕국들은 어떻습니까."

"넌 아직 어리다. 제국의 저력을 우습게 보지 말거라. 날 가르치려고도 하지 말거라."

"네, 아버님의 경험에 비추어 저는 아직 어리지요. 갈 길도 멀었고요. 그러나 저와 같은 젊은이들은 혈기왕성합니다. 자신의 꿈을 펼치고 싶습니다. 하나 현실은 어떻습니까? 대부분이 젊은이들은 돈 때문에 꿈을 펼치지 못합니다. 누구도 자신의 능력을 알아주지 않습니다. 아모스 공작이나 메시나 공작은 뇌물을 받고 관직을 팝니다. 뇌물을 주고 귀족이 된 자들은 또 어떻습니까. 그들은 본전을 뽑기 위해 백성들의 고혈을 쥐어 뽑니다. 정녕 이 나라가 제대로 가고 있다고 보십니까!"

텐바는 단호했다.

그의 눈빛에서 추호도 물러서지 않겠다는 의지가 서려 있었다.

테일즈 백작은 그의 마음을 이해한다. 그가 자식들을 정계로 진출시키지 않은 것은 정권을 쥐고 있는 아모스 공작과 메시나 공작 때문이었다.

그들이 눈 밖에 벗어나게 되면 아무리 테일즈 백작의 자식이라고 하더라도 위험했다. 그들의 눈 안에 들기 위해서는 온갖 더러운 일을 도맡아 해야 했다. 설사 자신의 딸을 후첩으로

들이라는 명령을 받는다고 하더라도…….

거절할 수는 없다.

"많은 사람이 희생될 것이다."

"그들의 희생 위에 새로운 꽃이 필 겁니다. 역사는 새롭게 시작될 테니까요."

테일즈 백작은 자리에서 일어났다. 뒷짐을 쥐고 창문 밖을 바라봤다.

부서진 달이 보이는 어두운 정원.

고요했다.

쿤타 안드리아 7세가 노환으로 쓰러진 지 1년이 넘어간다. 황제가 살았는지 죽었는지는 누구도 알지 못했다.

황제를 알현하기 위해 많은 귀족들이 찾았지만 만날 수가 없었다. 황제의 최측근이라고 할 수 있는 노튼 후작이 막았기 때문이다. 그는 황제가 거동하기 불편하니 나중에 찾아뵈라고 하였다.

노튼 후작.

황제의 최측근이지만 제국의 기반을 뒤틀리게 한 장본인 중 하나였다. 그를 비롯한 다섯 명의 후작은 하늘을 나는 새도 떨어뜨릴 만큼 무시무시한 권세를 휘둘렀다.

지금도 마찬가지였다.

만약 아모스 공작과 메시나 공작이 이끄는 두 당파가 없었다면 제국은 이미 그들의 손아귀에 넘어갔을 것이다.

불안한 정세.

계속되는 접경 국가들과의 불화.

끝없는 당파 싸움.

간신들의 득세.

테일즈 백작이 몸 바쳐서 지켜왔던 제국은 더 이상 존재하지 않았다.

이제는 수많은 젊은이들을 위해서라도 새로운 변화의 물결이 필요했다.

"그래, 세상이 뜻이 그렇다면 한번 나아가도록 하여라. 후회 없이 마음껏 네 뜻을 펼쳐 보거라."

테일즈 백작의 허락이 떨어졌다.

텐바는 자리에서 일어나 아버지에게 허리를 굽혔다.

"감사합니다, 아버지."

*   *   *

개혁파의 귀족들이 살해당했다. 하위 귀족이지만 모두가 기사의 자격을 가지고 있는 자들이었다.

몇몇 귀족은 아내와 자식들까지 모조리 참살당했다. 차마 눈 뜨고 볼 수 없을 정도로 참혹한 광경이었다.

아모스 공작은 대로했다. 그는 다니엘 백작과 테일즈 백작에게 흉수를 반드시 찾아내라고 명령했다. 그들이 나름 애를 썼지만 보름 이상 단서를 찾아내지 못했다.

단서는 아주 우연찮게 발견되었다. 노파 하나가 근처에서 잠을 자다가 살해 장면을 목격한 것이다. 상대는 보수파의 한 귀족이었다.

아모스 공작은 기사단을 파견해 그 보수파 귀족의 가문을 멸문시켰다.

이번엔 메시나 공작이 참지 않았다. 그는 보수파를 규합하여 개혁파와의 전면전을 선포했다.

도시의 분위기는 날이 갈수록 흉흉해졌다. 엄청난 내전이 터질 것이란 소문이 꼬리에 꼬리를 물고 다른 왕국까지 퍼져 나갔다.

          *   *   *

여관으로 돌아온 용병들은 모두가 쓰러져서 잠이 들었다. 곤은 단 하루도 쉬지 않고 그들을 굴렸다.

짬짬이 시간이 날 때마다 정보 길드에 들러 코일코에 대해서 의뢰도 했다. 정보 길드 다섯 곳에 의뢰를 맡겼지만 아직까지 별다른 성과는 없었다.

약장수들도 마찬가지였다. 그들은 한 번도 곤을 찾아오지 않았다. 곤은 그들이 보인 능력이 진짜일 것이라 여겼다. 그 정도의 능력이 있는 자들이 겨우 10골드를 떼어먹을 생각은 하지 않을 것이다.

만약 그렇다면 남의 등이나 쳐 먹는 천하의 쓰레기 같은 놈들이다.

성도에서 자리를 잡고 있는 자들이라면 언제가 한 번은 찾아 올 것이라 믿었다.

사사삭—

심상치 않은 발걸음.

곤과 용병들이 잠든 여관 앞으로 백 명의 사병이 모여들었다. 모두가 완전무장을 한 모습이었다. 눈빛으로 보아 상당한 강병이다.

그들의 모습을 본 취객들이 서둘러 자리를 피했다.

[으흐흐, 여기야. 여기에 나의 원수들이 있어. 모조리 씹어 먹어주겠다. 으흐흐흐.]

흑마법으로 인해 원령으로 변한 블로우 자작의 혼령이 허공에 떠 다녔다. 그는 자신의 친우이자 메시나 공작의 수족인 맥스 자작에게 계속해서 속삭였다.

맥스 자작의 눈 밑에는 다크서클이 깊게 물들어 있었다. 왜 메시나 공작이 급히 자신을 찾았는지 알 것 같았다. 메시나 공작 역시 눈이 퀭했다. 알고 보니 블로우 자작이 매일 밤 찾아와 흉수를 찾았으니 복수를 해달라고 애원했다고 한다. 성격 같아서는 당장 쳐 죽이고 싶었지만 그의 능력으로는 원령을 사라지게 할 수가 없었다.

메시나 공작은 블로우 자작에게 말했다.

"맥스 자작이 원한을 풀어줄 것일세. 모자란 손은 얼마든지 빌려주지."

그날 이후였다.

블로우 자작이 맥스 자작의 잠자리에 나타난 것은. 맥스 자작과 아내는 심장이 멎을 뻔했다.

갑자기 머리 위에서 '으흐흐, 나의 친구여, 원수를 갚아다오'라는 소리가 들렸으니까.

어쨌든 블로우 자작의 원한을 풀어주지 않으면 맥스 자작은 제명에 죽지 못한다.

아내도 그와의 동침을 거부했다. 문제부터 해결하지 않으면 결코 같이 잠자리를 하지 않겠다고 엄포를 놓았다.

"여관을 포위했습니다."

눈매가 실처럼 길게 찢어진 기사가 다가와 맥스 자작에게 말했다. 백 명의 병사들이 곤과 용병들이 잠들어 있는 여관을 물 셀 틈 없이 포위했다.

블로우 자작은 '상대는 다니엘 백작의 숨은 한 수야. 기사들이지만 암살자에 가까워. 기습을 하지 않으면 큰 손실을 보게될 거야. 조심해, 조심해, 조심해. 자네도 나처럼 되고 싶지 않으면'이라고 말했다.

맥스 자작은 온몸을 떨었다. 여우 같은 마누라와 토끼 같은 자식들이 버젓이 잘 크고 있었다. 블로우 자작처럼 원령으로 변하고 싶은 마음은 소의 똥만큼도 없었다.

그는 다니엘 백작의 숨은 기사들을 잡기 위해 전력을 다했다. 많은 돈을 들여 키운 사병들과 기사들을 모두 동원했다. 그뿐만이 아니었다.

메시나 공작에게 부탁하여 4서클 수준의 마법사도 빌렸다.

만반의 준비를 한다면 결코 놈들에게 당하지 않을 것이라 생각했다.

"신호가 가면 검사들부터 돌입시켜라."

"알겠습니다."

몸이 재빠른 검사들이 검을 빼 들고 여관 곳곳에 배치되었다.

술에 취해서 길을 가던 취객들이 이상한 분위기를 눈치채고 서둘러 거리를 떠났다.

"부탁하오."

맥스 자작은 수염을 길게 기른 4서클의 마법사 샤롯에게 말했다. 뒷짐을 지고 거만하게 서 있던 샤롯이 고개를 끄덕인 후 주문을 외웠다.

"사일런스!"

주문과 함께 여관과 주위의 소리가 차단이 되었다. 이제 여관 안에서는 일정 시간 동안 밖의 소리를 듣지 못한다.

"돌입!"

동시에 기사들의 명령이 떨어졌다.

와장창!

기사들은 일제히 여관 안으로 뛰어 들어갔다. 그들은 1층에서 술을 마시고 있던 사내들과 여자 종업원들을 가차 없이 베었다.

"다, 당신들 뭐야?"

갑작스러운 상황에 여관 주인이 검사들을 향해서 소리쳤다. 곧바로 그는 실수를 했다는 것을 깨달았다. 무조건 숨거나 도망을 쳤어야 했다. 실수는 죽음과 연결이 되었다.

검사들은 여관 주인을 향해서 검을 휘둘렀다. 여관 주인은 난도질을 당한 채 숨을 거뒀다.

"한 놈도 살려두지 마라!"

검사를 이끄는 우두머리가 외쳤다.

1층은 순식간에 정리가 되었다. 사내들과 여자 종업원들은 비명도 지르지 못하고 목이 잘렸다. 그들의 죽음을 목격한 주방장이 뒷문으로 달아났다. 하지만 그 역시 죽음을 피하지 못했다.

밖에서 여관을 포위하고 있던 병사들이 창을 찔러 주방장의 목숨을 가져갔다.

곤과 씽이 자리에서 벌떡 일어났다. 서로가 서로를 쳐다보았다. 뭔가 심상치 않은 일이 벌어지고 있다는 것이 느껴졌다.

아무런 소리가 들리지 않지만…….

살기가 진동을 했다.

"용병들을 깨워. 밖으로 나간다."

곤의 말에 씽이 고개를 끄덕였다. 그들은 재빨리 옷을 입고 최소한의 무장만 한 채 문 밖으로 나왔다.

1층은 아비규환이었다.

모든 손님들을 죽인 검사들이 방이 있는 2층으로 올라온 상태였다. 그들은 무작위로 방문을 발로 찬 다음 안에 있던 사람들에게 검을 휘둘렀다.

"이야앗!"

곤에게 접근한 검사가 검을 휘둘렀다. 곤은 허리를 숙여 검을 피한 후 손도끼로 그의 면상을 찍었다. 안면이 반으로 갈라진 검사가 휘청거리며 1층으로 떨어졌다. 거꾸로 떨어진 검사는 두개골이 박살 났다.

"일어나! 어서!"

곤의 말소리가 웅웅거리며 퍼지지 않는다. 가까이 있는 사람에게만 겨우 들릴 정도였다. 소음이 차단됐다. 그러고 보니 사람들의 비명 소리도 들리지 않았다.

"형님, 마법이야!"

씽이 목소리가 개미 소리처럼 작게 들렸다.

곤은 고개를 끄덕였다. 그는 마법에 대한 지식이 깊지 않았다. 지금 상황에서 어떤 술법으로 대응을 해야 할지 잘 몰랐다.

곤과 씽은 용병들이 잠들어 있는 방문을 일일이 열어서 깨워야 했다.

"빨리 일어나! 적의 습격이다!"

용병들은 꿈쩍도 하지 않았다. 곤과 씽은 침대에서 자고 있는 용병들에게 달려가 발로 차 버렸다.

"뭐, 뭐야?"

그제야 용병들은 눈을 비비며 일어났다. 깊은 잠에 빠져 있던 그들은 어리둥절한 표정이었다. 잠이 깨지 않았다.

"죽고 싶지 않으면 빨리 무기 챙겨!"

곤이 다시 소리치는 사이 검사들이 불쑥 뛰어 들어와 검을 휘둘렀다.

챙!

씽의 손가락에서 손톱이 튀어나와 그들의 검을 막았다. 손가락에 마력을 넣자 검사들의 검이 반으로 잘렸다. 그대로 손톱을 회전시켰다. 검사들의 육신이 십 등분이 되어 바닥에 떨어졌다.

그 광경을 목격한 용병들은 정신이 번쩍 들었다. 그들은 곧바로 일어나 무기만 집었다. 바지를 입을 새도 없이 곤과 씽의 뒤를 쫓았다.

"크흑!"

가장 뒤편에 있던 퍼쉬와 불킨이 검을 맞았다. 그들은 피를 토하며 쓰러졌다. 어깨가 덜렁거리는 것으로 보아 큰 부상이었다. 곤은 손도끼를 날려 검사들의 머리통을 부쉈다. 용병들이 달려가 쓰러진 자들을 일으켜 세웠다.

"괜찮나?"

"크흑, 괜찮습니다. 견딜 수 있습니다."

칼에 맞은 퍼쉬와 불킨이 입술을 꽉 깨물었다. 둘 모두 어깨 상처가 심했지만 응급처치할 시간도 없었다.

더 이상 시간을 지체했다가는 전멸이었다.

"창문으로 뛰어내린다!"

곤은 창문을 깨고 2층에서 뛰어내렸다. 씽과 용병들도 그의 뒤를 쫓았다.

그때였다.

"파이어 월!"

마법의 주문과 함께 곤과 용병들이 뛰어내린 자리에서 거대한 불기둥이 솟구쳐 올랐다. 불기둥은 용병들을 휘감았다.

"으아아아악!"

상처를 입었던 용병들은 피하지 못하고 순식간에 숯덩이가 되었다. 그들은 바닥에 쓰러진 채 숨을 심하게 헐떡였다. 숨이 끊어지려고 한다.

"퍼쉬! 불킨! 체일!"

게론이 동료들의 이름을 불렀다. 이렇게 허무하게 동료들을 잃게 될 줄은 상상도 못했다.

"빌어먹을, 폭풍의 술!"

곤은 양 손바닥에서 술법을 일으켰다. 작은 회오리는 점점 커져 솟구치던 불기둥을 흩날렸다. 가까스로 착지에 성공한 곤은 용병들을 돌아보았다.

단 일격에 용병들은 크고 작은 상처를 입었다. 무기도 제대로 챙기지 못했다. 그들은 바닥에 쓰러진 채 신음을 흘렸다.

"이 새끼들이."

곤의 눈빛에서 녹색 기운이 일렁거렸다. 그는 주위를 돌아보았다. 수많은 병사들이 창과 방패를 세우고 그들에게 다가오고 있었다.

곤은 남은 손도끼를 들고 일어나며 물었다.

"너희들 뭐야?"

맥스 자작은 어깨를 으쓱였다.

"블로우가 하도 경고를 하기에 엄청 강한 줄 알았더니 별거 아니잖아."

"다시 묻겠다. 너희들 누구냐."

"알 것 없고. 니들은 여기서 그냥 뒈지면 돼."

맥스 자작은 장난을 치듯이 이죽거렸다.

[뒈지면 돼. 뒈지면 돼. 카하하하.]

블로우 자작의 원령이 배를 잡고 웃으며 둥둥 떠올라 곤에게 다가갔다.

"저번에 사라졌던 그놈이야. 흑마법에 몸을 맡긴 병신 새끼."

펑펑의 화난 음성이 귓가에 들렸다.

곤은 손을 뻗어 블로우 자작의 목을 죄었다. 원령이 된 자신을 잡을 줄 몰랐던 블로우 자작은 깜짝 놀라 몸을 빼려고 했다.

"미친 새끼, 감히 죽은 자들의 왕인 샤먼에게 알아서 다가오다니. 용병들을 죽인 대가를 치러야 할 거야."

펑펑은 블로우 자작의 눈을 똑바로 보며 서늘하게 말했다.

[아, 안 돼. 제발 죽이지 마. 이대로 소멸을 하게 되면 환생을 할 수 없단 말이야.]

블로우 자작이 애처롭게 말했다.

"내가 알 바 아니고."

곤은 주먹에 마력을 주입했다. 손아귀가 강하게 쥐어졌다. 동시에 블로우 자작의 투명했던 육체가 물방울이 흩어지듯이 산산조각이 나고 말았다.

키에에엑, 이라는 괴기한 비명과 함께.

곤은 천천히 자신을 둘러싼 자들을 돌아보았다. 그의 눈빛은 소름이 끼칠 정도로 얼음장 같았다.

그의 입술이 들썩거렸다.

"뒈지는 것은……."

쐐애애액!

곤의 손도끼가 날았다. 미처 손도끼를 피하지 못한 맥스 자작의 머리통이 박살이 났다.

허망한 최후였다.

"너희들이지."

곤은 몰려드는 병사들을 향해 소름이 끼치도록 서늘하게 말했다.

"이 자리에 있는 자들. 한 놈도 집으로 돌아가지 못할 것이다."

곤의 양손에서 거대한 마력이 생성되기 시작했다.

Chapter 2. 나비효과

키스톤은 곤의 의뢰를 받고 코일코에 대해서 조사했다. 대륙에서 가장 큰 도시인 성도 카르텔에서 한낱 오크 노예를 찾는 것은 쉽지 않은 일이었다.

하나 약장사는 많은 풍문을 듣는 직업이다. 수많은 정보를 머릿속에 입력하고 돈이 되는 정보를 걸러낸다. 정보는 곧 돈이었다. 그가 속한 조직 역시 정보의 분석, 왜곡, 판매, 조작하여 상당한 돈을 벌어들였다.

키스톤은 조직에서도 상당히 유능한 인재로 평가받았다. 그는 코일코가 메시나 공작가의 검투노예 오크라는 정보를 입수했다. 귀족들끼리 벌이는 지하 격투장에서 30전을 넘게 승리했다고 한다.

귀족들의 놀이는 잔인하다.

규칙도 단순했다.

이기면 살고 지면 죽는다.

30전을 넘게 이겼다는 것은 그만큼 많은 상대를 죽였다는 것과도 같았다.

곤의 말처럼 꼬마는 아니다. 어린 꼬마가 자신보다 월등한 전투력을 지닌 상대를 죽일 수는 없으니까.

코일코의 정보를 알아낸 키스톤은 그 사실을 알리기 위해서 곤을 찾았다. 그가 곤이 있는 여관 골목 안으로 들어섰을 때였다.

상당한 살기를 느낀 그는 동료들을 데리고 몸을 숨겼다. 아니나 다를까, 상당한 숫자의 병사들이 곤이 묵고 있는 여관을 에워쌌다.

키스톤은 고개를 흔들었다. 뭔가 미심쩍은 구석이 있다고 했더니 적국의 첩자였는지도 모르겠다. 이렇게 된 이상 그가 살아날 수 있는 구석은 없었다.

한데…….

잠시 후 그는 믿지 못할 가공할 광경을 목격했다.

"저, 저, 저, 저 사, 사람들, 완, 완전 괴, 괴물이다."

강력한 외공을 익힌 자크도 혀를 내둘렀다. 입을 벌린 채 벌어지고 있는 상황을 넋 놓고 쳐다보았다.

곤과 씽의 무력은 그들의 예상을 훨씬 뛰어넘었다. 수십 명의 병사들이 차륜전을 펼쳤지만 전혀 통하지 않았다. 씽의 손가락에서 튀어나온 손톱이 늘어나며 병사들의 창과 몸을 통째로 썰었다.

곤의 손속도 만만치 않았다. 그의 손에서 튀어나간 기이한 술법과 손도끼는 병사들의 목을 댕강댕강 잘랐다. 병사들의 피가 여관 앞에 냇물처럼 흘렀다.

마법사가 있었지만 무용지물이었다. 실전에 대한 경험이 없는지 그는 뻣뻣하게 굳어 온몸을 부들부들 떨었다. 곤과 씽은 무수한 전투 경험이 있는 듯 망설임이 없었다. 곤의 손도끼가 날았다.

마법사는 캐스팅을 하려고 인을 맺었지만 너무 느렸다. 그는 곤의 상대가 아니었다.

날아온 손도끼를 피하지 못하고 마법사의 두개골이 반으로 쪼개졌다.

지휘관을 잃은 병사들은 오합지졸이 되었다. 수많은 양 떼 속에 호랑이 두 마리가 뛰어든 꼴이었다. 이미 전투에 대한 의지를 잃은 병사들이 등을 돌리며 도망쳤다.

그러나 그것은 목을 내어준 꼴이었다.

씽의 손톱이 길어지며 그들의 등판을 뚫고 심장을 파열시켰다.

"어쩌죠?"

난쟁이 슈테이가 물었다. 전투가 아닌 학살이 벌어지는 현장에 나가 '코일코를 찾았습니다'라고 말하기가 애매했다. 가장 궁금한 것은 곤과 씽이라는 자의 정체였다. 저들의 무력이

범상치가 않다.

저들을 감당하려면 최소 소드 익스퍼트 중급 이상의 수준이 되어야 한다. 그 말은 저 두 명 모두 소드 익스퍼트 중급 이상의 수준은 된다는 얘기였다.

소드 익스퍼트 초급은 4서클 수준의 마법사와 동등한 대우를 받는다. 어느 왕국을 가더라도 남작 이상의 대우를 받을 수 있었다.

중급이라면 6서클 수준의 마법사. 자작 이상의 작위를 받을 수 있다. 당연히 이름이 알려져야 했다.

하나 곤과 씽은 전혀 모르는 자들이었다. 상당한 정보를 보유하고 있는 키스톤의 머릿속에도 저들의 이름은 들어 있지 않았다.

어쩌면 누군가에 의해 키워진 비밀병기일 수도 있었고 아슬란 왕국에서 보낸 첩자일 수도 있었다.

"일단 여기서 물러나자."

"왜요?"

"죽은 기사들의 갑옷을 봐봐."

갑옷을 본 슈테이는 죽은 기사들이 누구를 모시고 있는지 알았다.

갈매기 문장.

메시나 공작의 수하들이었다.

광대한 영지를 가지고 있는 대영주이자 막강한 권력을 가진 보수파의 수장.

그의 수하들을 저토록 무참하게 살해해 놓고서 곤과 용병들이 살아남을 수 있을 것이라 여기지 않았다. 혹여 저들의 죽음을 이용한 누군가의 농간일까.

키스톤은 저들이 어떤 식으로 대응하는지 지켜볼 생각이었다.

뭔가 단단히 잘못되었다.

누군가 고의적으로 그들의 위치를 노출시켰다는 의문을 지울 수가 없었다. 곤과 용병들은 신경을 써서 위장을 했다. 자세히 쳐다보지 않으면 산적을 토벌할 때와 같은 용병단이라고 알아차리지 못했다.

또한 성도에는 수많은 용병단이 있지 않은가.

곤이 언뜻 본 용병 길드의 간판의 수만 열 개가 넘었다. 각각의 가입이 된 용병단의 숫자는 얼마나 될지 짐작이 가지 않았다.

그럼에도 저들은 정확히 곤과 용병단을 습격했다.

"몇 명이나 당했나?"

곤은 게일에게 물었다.

"퍼쉬, 불킨, 체일. 셋이 당했습니다."

게일의 음성은 침울했다. 스무 명의 용병은 고된 훈련을 거치면서 진한 우정을 나눴다. 지금은 모두가 형제처럼 가까운 사이였다.

그들의 죽음은 용병들에게도 큰 충격이었다.

"사체를 수습해라."

"알겠습니다."

동료의 시신을 아무렇게나 버려두고 갈 수는 없었다. 용병들은 재빨리 죽은 동료들의 시신을 천으로 감싼 후에 들쳐 맸다.

곤은 용병들에게 2인 1조로 흩어질 것을 명령했다. 이미 위치가 노출된 상태에서 모여 있으면 더 큰 희생자가 나올 것이라 여겼다.

용병들도 같은 생각이었다.

그들은 곧 다시 만날 것을 약속하며 그곳을 떠났다.

하지만 곤과 용병들의 생각보다 메시나 공작의 분노는 더욱 대단했다.

*   *   *

마법사와의 전투는 기사와의 전투와 상당히 다르다. 기사는 마법사들보다 월등히 체격 조건이 좋았다. 또한 오러를 이용한 근접전에서 상당히 강했다.

그러나 곤은 기사들을 상대하는 것이 어렵지 않았다. 그는 전사이자 샤먼이다. 오크들에게 배운 궁술의 실력 또한 나날이 발전하고 있었다.

즉, 원거리 공격과 중거리 공격, 근접전을 자유자재로 사용하는 곤의 입장에서 끝까지 근접전만 고집하는 기사들은 상대하기 편한 것이다.

하나 마법사와 기사의 조합은 처음 겪어본다. 아니, 여관을
습격했던 자들 중에서 마법사가 있기는 했지만 너무 허접해서
은근히 경시하는 마음도 없지 않았다.

그리고 자정을 기점으로 두 명의 마법사와 네 명의 기사가
공격을 시작했다.

한 명의 마법사와 두 명의 기사가 한 조였다. 두 팀으로 나
눠진 그들은 곤과 씽을 따로 공격했다. 그들의 공격이 얼마나
위력적인지 곤과 씽은 서로를 돕지 못하고 따로 떨어질 수밖
에 없었다.

섬광 기사단.

기사들은 메시나 공작이 직접 키운 정예들이었다. 덩치가
크고 건장하게 생긴 그들은 보기에도 무거운 플레이트 메일을
입었다.

그러나 경량화 마법이 걸려 있어 그들은 깃털처럼 가볍게
움직였다.

또한 마법사가 공격력 강화 마법, 방어력 강화 마법, 체력 보
충 마법, 마나 활성화 마법, 대마법 저항 수치 향상 버프를 걸
었다.

본래의 능력보다 월등하게 강해진 기사들이었다. 가까스로
그들의 공격을 피한다고 하더라도 마법사의 공격 마법이 날아
들었다.

마력을 담은 곤의 화살로는 그들의 갑옷을 뚫을 수가 없었다.

곤은 하나의 무기를 잃은 셈이었다.

"폭풍의 술! 화염의 술!"

곤의 양 손바닥에서 회오리가 생겨났다. 회오리는 화염을 끌어들였다. 강력한 위력을 가진 파이어 스톰이 기사들을 덮쳤다.

기사들은 맨몸으로 파이어 스톰 속으로 뛰어들었다. 수십 명의 병사를 한꺼번에 불태워 버릴 수 있는 위력을 가진 파이어 스톰이지만 기사들에게는 아무런 피해를 주지 못했다.

대마법의 룬어를 새긴 그들의 갑옷이 빛을 내뿜으며 파이어 스톰의 위력을 흡수했다.

기사들에게 걸린 버프와 대마법 갑옷으로 인해 곤의 술법은 먹히지 않았다.

"크흠."

곤은 신음을 흘렸다.

이렇게 속수무책으로 당할 수는 없었다. 이런 식으로 전투가 흐르면 곤이 먼저 지치고 만다. 내공을 쓸 수 없다면 놈들의 밥이 되는 것은 시간문제였다.

기사를 먼저 처리할 것인지 마법사를 먼저 처리할 것인지부터 정해야 했다.

지금의 상황을 타개하기 위해서는 마법사를 처리하는 것이 빨랐다.

허연 수염을 배꼽까지 기른 마법사를 처리한다면 기사들의 몸에 휘감긴 버프를 풀 수 있었다. 버프가 없는 그들을 처리하는 것은 곤에게 그다지 어려운 일이 아니었다.

파이어 스톰을 뚫고 나온 기사들이 곤의 상체와 하체를 동시에 공격했다. 씽만큼이나 빠른 공격이었다.

곤은 재빨리 뒤쪽으로 몸을 날렸다. 놈들이 쫓아온다. 그들이 쭉 내민 검의 속도가 곤이 움직이는 속도보다 빨랐다. 코앞까지 검이 도달했다. 조금만 더 늦는다면 가슴이 반으로 갈라지고 만다.

곤은 허리를 뒤로 숙였다. 양 손바닥을 바닥에 댄다. 아슬아슬하게 그의 가슴으로 검이 스치고 지나갔다. 검날에 베였는지 가슴에서 피가 튀었다.

한 바퀴를 회전한 곤은 몸을 띄우며 발등으로 기사의 손을 차 올렸다. 균형을 잃은 기사가 뒷걸음질을 쳤다.

기회였다.

기사들에게서 벗어난 곤은 중년의 마법사를 향해서 일직선으로 뛰었다. 마법사와 눈이 마주쳤다. 그는 동요하지 않았다. 침착하게 캐스팅을 한 뒤 곤을 향해서 양손을 뻗었다.

"썬더 볼트!"

상당한 크기의 번개가 곤을 향해서 쏟아졌다. 곤은 허리를 숙여 마법사의 공격을 피했다.

퍼퍼펑!

바로 뒤에서 폭발이 일어났다. 바닥이 움푹 파인 것으로 보아 상당한 위력임을 짐작케 했다.

하지만 마법사의 공격은 끝이 난 것이 아니었다. 똑같은 번

개 공격이 연달아서 터졌다. 번개가 날아오는 속도가 엄청나게 빠르다.

빠지지직—

"크흑."

전방위로 압력을 가하는 번개 공격에 곤은 적중을 당하고 말았다. 머리털이 곤두설 정도로 강력한 충격이 그의 육체를 휩쓸었다.

이렇게 당할 수는 없었다.

눈에는 눈.

이에는 이다.

"뇌격의 술!"

곤의 입에서 주문이 흘렀다.

크르릉—

마른하늘에서 천둥소리가 들렸다. 곧바로 마법사의 머리 위로 뇌격이 떨어졌다.

빠지지직—

뇌격은 마법사를 강타하지 못했다. 마법사의 머리 위에서 뇌격은 방어막에 맞아 사방으로 흩어진 것이다.

"흥, 네놈이 나와 같은 메이지란 것은 진작 알았다. 뭔가 조금 다르기는 하지만. 이 정도 대비책을 세우지 않았을 것이라 보느냐."

중년의 마법사는 입술을 뒤틀며 냉소를 지었다.

"후욱후욱."

곤은 거친 숨을 몰아쉬었다. 놈에게 맞은 번개 공격에 상당한 타격을 입었다. 아직도 뇌전의 기운이 남아 팔다리가 저릿저릿했다.

기사들이 조금씩 접근을 하여 곤의 뒤쪽을 포위했다. 앞에는 저 재수 없게 생긴 마법사.

곤으로서는 피할 길이 없었다.

"도대체 당신들 누구야?"

곤은 마법사에게 물었다.

어차피 위기에 처한 상황이라면 궁금증이라도 해소해야 직성이 풀릴 듯했다.

"보면 모르나?"

"모르니까 묻잖아."

마법사는 어이가 없다는 표정을 지었다.

"장난하지 말게나."

"내가 무슨 장난을 해. 도대체 왜 우리를 쫓는지 이유나 압시다."

"큭큭, 발뺌을 하는 군. 우리는 모든 것을 알고 있어."

그러니까 뭘 알고 있냐는 말이다.

마법사는 말을 이었다.

"네놈들이 다니엘 백작의 개라는 것을."

다니엘 백작?

마법사의 말을 듣자 그의 머릿속에서 흩어졌던 퍼즐이 맞춰져 갔다.

이번 일은 산적들을 소탕한 것이 발단이었다. 정확히 얘기를 하자면 빌어먹을 산적 놈들이 먼저 시비를 거는 바람에 일이 꼬이기 시작한 것이다.

다니엘 백작인가 뭔가 하는 놈들에게 잡혔을 때도 기분이 더러웠다.

그의 영애를 구해주고 산적으로 오해를 받는 꼴이라니.

더군다나 산채를 빠져나오다 의문의 자객들을 만났다. 곤과 용병들은 자신들이 다니엘 백작의 기사단이라고 말했다. 일부러 그랬다. 자신들의 정체를 감추기 위해서. 한데 그것이 더욱 일을 꼬이게 만들었다.

저들은 자신들을 다니엘 백작의 기사단이라고 믿고 있었다.

그렇다는 말은 저들은 다니엘 백작의 정적이다.

"메시나 공작……."

혹은 보수파 귀족의 누군가일 터였다.

"젠장."

곤의 입에서 욕설이 흘렀다. 다시 그때로 돌아간다면 산적들을 무시하든지, 산채에 남아 있던 여성들을 무시하든지 할 것이다.

괜한 호의로 인해서 얼마나 큰 오해를 받고 있는가. 기가 찰 노릇이었다.

"잘 알고 있군."

이제야 실토를 한다는 표정으로 마법사는 입술을 비틀었다.

"오해요."

"뭐가 말이냐?"

"나는, 아니, 우리는 결코 다니엘 백작의 기사가 아니오."

"계속해서 허튼소리를 늘어놓는군."

참으로 애매한 상황이다. 테보라 산에서 만났던 암살자들이 메시나 공작과 연관이 있을까. 그렇다면 빼도 박도 못하는 상황이었다.

다니엘 백작의 딸을 납치했다는 증거를 없애기 위해서라도 곤과 용병들을 죽여 입막음해야 할 테니까.

오해든 아니든 이들은 반드시 자신을 죽일 것이라는 느낌을 받는 곤이었다.

그럼 그와 용병들의 위치를 가르쳐 준 자는 누굴까?

"네놈도, 네놈의 수하들도, 한 놈도 살아남지 못할 게다."

마법사는 살기를 뿌렸다. 그의 양 소매가 펄럭거렸다. 마나를 모으고 있다. 고위 공격 마법을 준비하는지 그의 몸에서 상당한 양의 마나가 모여들었다.

기사들도 마찬가지였다. 그들의 검에서 오러가 넘실거렸다. 서로의 목줄을 뜯기 위해 전력을 다한다.

"할 수 있으면 해봐. 넘을 수 없다면 전력을 다해 부순다."

곤 역시 내공을 끌어 올렸다. 그의 손도끼에서 푸른색 아지랑이가 생겨났다.

도시의 거리는 조용하다. 저택 곳곳에서 빛이 흘러나왔지만 살벌한 싸움에 끼어들지 않기 위해 누구 하나 밖으로 나오지 않았다.

그들이 다시 한 번 맞붙으려고 할 때였다.

다그닥다그닥.

마차를 끄는 말발굽 소리가 들렸다. 그들은 시선을 돌려 마차를 바라봤다. 마차는 그들을 지나치지 않았다. 점점 다가와 가까운 곳에서 지켜보듯이 멈췄다. 마차를 몰던 마부는 냉정한 눈빛으로 그들을 지켜봤다. 그는 아무런 말을 하지 않았다.

"으음."

마법사와 기사들이 얕은 신음을 흘렸다. 마차의 깃발에는 오델라 교단을 표시하는 문장이 그려져 있었다. 오델라 교단은 제국뿐만 아니라 대륙 전체에 퍼져 있는 거대 종교 집단이었다.

제국의 황제도 독실한 오델라 교단 신자였다.

제국 수도 한복판에 황궁만큼이나 거대한 오델라 3교단이 있는 것만 보아도 황제의 신앙심이 얼마나 대단할지 알 수 있었다.

당연히 위세도 대단하다.

귀족들의 인맥은 오델라 교단 내부에서 이뤄진다는 말이 있을 정도였다.

마차 깃발에 그려진 오델라 교단. 그리고 상급 수녀가 타고 있다는 까마귀 문장. 3교단에 많은 사람들에게 축복을 전해주는 상급 수녀는 단 한 명뿐이었다.

에리카.

고위 귀족이 아닌 이상 그녀 앞에서 사람을 죽일 수 없었다.

더군다나 마법사와 기사들은 작위도 없는 상태. 잘못하면 일이 커질 수도 있었다.

"어떡할까요, 티로스 님."

덩치 큰 기사가 마법사에게 물었다.

티로스의 얼굴근육이 경직되었다. 상대가 강한 것은 확실하다. 그러나 잡지 못할 정도는 아니었다. 조금만 시간이 있었으면 확실하게 잡았다.

하나, 성녀 앞에서의 살인은 뒷일이 켕기게 했다. 어떤 형태로든 제재가 들어올 것이다.

"철수한다."

"음."

기사도 많이 아쉬운 듯했다. 그들은 곤을 매섭게 노려본 후 마법사와 함께 자리를 떴다.

곤은 고개를 갸웃거렸다. 왜 갑자기 마법사와 기사들이 철수를 했는지 알 수가 없었다. 도대체 저 마차에 누가 타고 있기에.

곤은 마차를 바라봤다. 마차 안에서는 어떤 살의도 느낄 수가 없었다. 오히려 온화한 기운마저 느껴졌다.

씽이 거친 숨을 몰아쉬며 곤의 옆으로 다가왔다. 이곳저곳 자잘한 상처를 입었다. '하렘의 심장'을 이식하고 난 후 이런 고초를 당해본 적이 없던 그였다.

당황한 모습이 역력했다.

다음에 다시 저들이 찾아온다고 하더라도 확실히 이긴다는 보장이 없었다. 돌파구를 찾지 않으면 다음 전투에서도 큰 낭패를 볼 것이 확실했다.

끼이익—

마차의 문이 열렸다.

곤과 씽은 숨을 죽이고 마차를 지켜봤다.

마차에서 내린 자는 여자였다. 그녀는 순결을 상징하는 희고 아름다운 드레스를 입고 있었다. 망사로 된 모자를 쓰고 있어 얼굴을 확인할 수는 없었다.

"곤!"

그녀가 입을 열었다.

곤? 상대가 자신을 알고 있다?

곤이 알고 있는 여자는 몇 명 되지 않는다. 곤의 이름을 저렇게 친근하게 부를 수 있는 여자는 안드리안 외에는 한 명도 없었다.

여인은 망사를 벗었다. 여인의 얼굴이 드러났다. 고운 턱선, 반달 모양의 눈썹, 앵두처럼 붉은 입술, 바람에 휘날리는 아름다운 금발.

"에리카?"

그랑쥬리 정글에서 만났던 에리카가 곤의 눈앞에 나타났다.

전혀 생각도 못 한 만남이었다.

코일코가 제국으로 팔려 갔다는 생각만 했었다. 생각을 떠올려 보니 그녀 역시 제국의 수도에 있을 테니 꼭 찾아오라고 당부했다.

설마 이런 상황에서 만날 줄이야.

"곤!"

에리카가 달려와 곤의 품에 안겼다. 곤은 어정쩡한 자세로 그녀를 안았다.

"잘 지냈나요?"

"아."

뭐라고 해야 할까. 차마 한 번도 그녀를 떠올리지 못했다고 말은 할 수가 없었다.

곤은 그녀의 등을 토닥여 주었다.

곤의 품에서 얼굴은 든 에리카는 눈시울이 붉어져 있었다. 꽤나 반가운 모양이었다.

"언젠가 당신이 올 줄 알았어요."

에리카는 곤을 향해 활짝 웃었다.

*   *   *

곤은 오델라 3교단의 거대한 신전 크기에 놀라움을 감추지 못했다.

입구에서부터 신전까지 가는 거리만 상당했다. 더욱 놀라운 것은 신을 본떠 만든 석상의 섬세함과 거대함이었다. 얼마나 정교하게 만들었는지 정말로 신이 자신을 내려다보는 기분이었다.

그녀는 중앙 신전을 지나쳐 외진 곳으로 향했다.

그들은 허름한 2층 건물이 있는 곳에 도착했다. 교단의 정문에서부터 중앙 신전까지는 상당히 북적거렸지만 이곳은 한산하기 그지없었다.

아예 사람들이 얼씬거리지 않는다는 말이 정확할 것이다.

"이곳에서는 안전할 거예요."

에리카가 말했다.

"안전하다고? 어떻게?"

"이곳은 제국의 법이 닿지 않아요. 무장을 한 채 신전 안으로 들어올 수도 없죠."

"그게 무슨 소리야?"

"말 그대로예요. 오델라 교단은 인간이 만든 법에서 자유로워요. 저희는 오직 주신 오델라만을 따르니까요."

확실히 이곳은 특이했다.

에리카의 말대로라면 이곳은 제국 속에 위치한 또 다른 왕국인 셈이었다.

주신 오델라가 왕으로 있는.

교단 내부에 있는 모든 신도들이 에리카에게 공손히 대했다. 이곳에서 그녀의 위치가 얼마나 대단한지 짐작할 수가 있었다.

에리카는 곤이 처한 상황에 대해서 애초부터 파악하고 있었다. 그녀는 곤과 용병들을 위해 교단 내부 깊숙한 곳에 안전하게 피신처를 마련해 주었다.

메시아 공작이 그것을 모를 리가 없었다. 하지만 곤과 용병들이 교단 내부에 있는 이상 공작이라고 하더라도 섣불리 행동을 하기가 어려웠다.

당분간은 최소한의 안전이 확보된 셈이었다.

에리카와는 정글에서 한 번 본 사이다.

그녀의 목숨을 구해줬다고는 하지만 곤의 입장에서는 큰 의의가 없었다.

에리카가 적극적으로 나서서 이토록 큰 도움을 줄지는 상상도 하지 못했다. 모르긴 몰라도 그녀로서는 꽤나 큰 위험부담을 짊어졌을 것이다.

"큰 은혜를 입었어."

곤이 에리카에게 말했다.

"상황이 다르지만 저도 당시에는 큰 은혜를 입었습니다. 그러니 그리 부담스러워하지 않으셔도 됩니다."

에리카는 보기 좋은 미소를 지으며 말했다.

그녀는 신도들에게 얘기를 하여 음식들을 가져오게 했다. 계속된 습격으로 제대로 된 음식물을 섭취하지 못했던 곤과 용병들이었다. 금방이라도 쓰러질 것처럼 피로가 누적되어 있었다.

그들은 신도들이 가져다 준 음식을 게걸스럽게 먹은 후 죽은 듯이 잠들었다.

곤과 씽도 마찬가지였다. 배가 부르자 피곤이 밀려와 눈을 뜰 수가 없었다.

그런 곤의 모습을 지켜보던 에리카는 이해한다는 듯이 빙그레 웃으며 방문을 닫고 나갔다.

다음 날 에리카가 곤을 찾아왔다. 하루를 푹 잤다고 해서 피곤함이 말끔하게 가신 것은 아니지만 곤은 웃으며 그녀를 맞이했다.

아침 햇살에 비친 그녀는 무척이나 아름다웠다.

아침 이슬이 맺힌 싱그러운 꽃잎을 보는 듯했다.

왜 이곳에 사람들이 그녀를 그토록 사랑하는지 알 것 같았다.

곤과 용병들에게 음식을 가져다 준 시녀들이 말하길 성녀 에리카가 제국에서 가장 사랑받는 이라고 하였다. 조금은 납득이 간다.

"앉으시죠."

곤이 자리를 청했다.

그의 앞에 에리카가 앉자 그녀의 시동으로 보이는 아이가 차 두 잔을 가져다 탁자 위에 놓았다. 시동은 힐끗 곤을 보고는 '뭐, 별로 볼 것 없네'라는 의미를 알 수 없는 말을 남기고는 나갔다.

에리카는 길고 고운 손가락이 붙어 있는 손바닥으로 뺨을 괴고는 곤을 바라봤다.

무척이나 기분이 좋은지 싱글벙글한 표정이었다. 입가에 미소가 마르지 않았다.

그런 그녀의 표정을 보고 있자니 분위기가 거북스럽게 느껴지는 곤이었다.

왜 그녀가 그런 표정을 짓고 있는지 곤으로서는 알 수가 없었던 것이다.

에리카는 그랑쥬리 정글에서 탈출을 하고 무사히 성도 카르텔에 도착했다.

그녀를 쫓던 교단의 배신자들도 무슨 이유에서인지 더 이상 모습을 드러내지 않았다.

대륙의 공포로까지 불리는 그랑쥬리 정글. 그곳에서 살아난 사람은 있지만 탐험을 완수한 자는 지금까지 단 한 명도 없었다.

에리카는 그런 곳에서 살아가는 곤이라는 자가 너무도 신비로웠다. 인간들과 적대적인 종족인 오크들과도 허물없이 지내며 기사만큼이나 굉장한 실력을 가진 사내.

항상 억압된 생활을 했으며 그녀를 시해하려는 무리들에게서 목숨을 지켜야만 했었다.

하여 사랑이라는 단어를 미리로만 이해할 뿐 가슴으로는 알 수가 없었다.

그러나 그녀는 사춘기에 접어든 소녀.

여느 소녀들의 나이였다면 한창 첫사랑에 빠져 밤잠을 설치고 있을 때였다.

아무리 성녀라고 칭송을 받는 에리카라고 하더라도 다른 소녀들과 감수성이 크게 다르지 않았다.

그녀의 머릿속에는 정글에서 만났던 곤의 인상이 강렬하게 각인되어 있었다. 성도에 도착하고 난 이후로는 하루도 잊은 날이 없다고 보면 된다.

그랑쥬리 정글에서의 사건 이후 그녀는 수동적인 소녀에서 능동적인 소녀로 바뀌었다고 보면 된다.

곤을 기다리고만 있을 수 없었던 에리카는 직접 그를 찾아 나섰고 오랜 노력의 결실 끝에 이렇게 눈앞에서 만나게 된 것이다.

그 과정을 모르는 곤으로서는 그녀의 표정이 부담스럽게 느껴질 수밖에 없었다.

"곤……."

아직 소녀티를 벗어나지 못한 만큼 그녀의 목소리는 통통 튀면서 상큼했다.

"응."

곤은 고개를 끄덕였다.

"어떻게 지냈어요?"

"음, 그럭저럭 지낸 것 같군."

절절하게 설명할 필요는 느끼지 못했다. 그녀와 헤어지고 난 후 지금까지의 과정은 곤의 입장에서 지옥도를 거니는 것과 같았으니까.

"얼굴이 많이 상했어요."

"그런가. 그동안 이런저런 일이 있었어. 에리카는 많이 예뻐졌군."

"그, 그런가요."

에리카의 얼굴이 붉게 물들었다.

눈가가 촉촉하게 젖는다. 부끄러워하지만 싫은 표정은 아니었다. 그녀의 머릿속에는 '보고 싶었어요' 라는 단어가 맴돌았다.

곤을 만나면 반드시 그 말을 하고 싶었다.

자기 전에 침대에 누워 그 말을 수백 번 반복해 보기도 했다. 하지만 막상 그를 보고 나니 목구멍에서 '보고 싶었어요' 라는 말이 튀어나오지를 않았다.

한참을 생각하던 에리카는 '보고 싶었어요' 라고 말하는 것을 그만두기로 했다. 지금 당장 곤이 눈앞에 있는 것만으로도 좋았다.

그가 떠나지만 않는다면 언젠가 그 말을 할 수 있을 것이라 생각했다.

"곤."

"응."

"필요하신 것 있으면 말씀하세요. 제가 할 수 있는 한에서 무엇이든 들어 드릴게요."

그녀의 말을 들은 곤의 표정이 밝아졌다. 그의 표정이 밝아지자 에리카는 내심 기분이 좋아졌다.

*   *   *

"말씀하신 대로 퍼쉬와 체인, 불킨의 시체를 챙겨 왔습니다."

게론과 용병들은 동료의 사체를 버리지 않았다. 그들은 계속된 습격 속에서도 동료의 시체는 사수했다. 약간의 돈을 벌기 위해서 목숨을 파는 불쌍한 놈들이다. 그들의 소원은 크지 않았다.

몸 누일 수 있는 집 한 채와 여우 같은 마누라, 토끼 같은 한두 명의 자식만 있으면 된다.

겨우 그것뿐인데.

세 용병은 다시 돌아오지 못할 강을 건너고 말았다.

곤은 용병들의 시체를 지하실로 옮긴 후 긴 탁자에 올려놨다.

대낮에도 불빛 하나 들어오지 못하는 사방이 꽉 막힌 곳이었다.

퀴퀴한 곰팡이 냄새가 코를 찔렀다.

"저희는 어쩔까요?"

게론이 물었다.

"급한 볼일이 아니면 보름간 나를 찾지 마."

"보름 동안이나요?"

"그래."

"무슨 일을 하실 건지 여쭤봐도 되겠습니까?"

게론뿐만 아니라 모든 용병들이 궁금해했다.

굳이 시체를 훼손시키지 말고 찾아오란 말도 이해가지 않았다. 원한이 생기지 않게 화장을 해줘야 정상이 아니던가. 원한이 있는 시체를 화장시키지 않으면 망자가 되어 찾아온다고 용병들은 믿고 있었다.

"나중에, 보름 뒤에 모든 것을 알게 될 거야."

곤은 빙그레 웃으며 말했다.

그의 웃음에서 알 수 없는 한기를 느낀 게론과 용병들이었다.

"그럼 에리카 님이 찾아오시면 어떻게 할까요?"

"내가 찾아뵙겠다고 전해줘."

"알겠습니다."

모두가 지하실 밖으로 나가자 남은 사람은 곤과 용병들의 시체뿐이었다.

곤은 시체들을 덮고 있던 천을 들었다. 썩는 것을 막기 위해 방부 처리를 하기는 했지만 특유의 썩는 냄새가 모두 사라지지는 않았다.

곤이 행하려는 주술은 식신의 소환이다.

본래 식신이란 소환자를 대신하여 싸우는 원령을 뜻한다. 하지만 곤은 조금 다른 방식으로 식신을 불러낼 생각이었다. 먼저 매개체는 시체다. 혼을 잃은 원령은 몸을 떠나게 마련이다.

그러나 곤은 원령을 다시 소환하여 본래의 몸을 맡길 생각이었다. 식신은 사후경직으로 인해 근육과 뼈들의 움직임이 자연스럽지 않을 가능성도 높았다. 또한 곤과 영혼의 계약을 맺게 된다.

곤이 죽으면 식신들도 사라진다. 대신 곤은 식신들에게 자유의지를 줄 것이다.

다른 술사들처럼 식신들을 한낱 쓰고 버릴 물건으로만 취급하는 일은 없을 거란 소리였다.

더군다나 영혼을 되살리는 술법은 성공 가능성이 극히 희박했다.

셋 모두 되살아나지 못할지도 몰랐다. 하여 용병들에게 자세히 설명을 해줄 수가 없던 것이다.

식신의 강림은 재앙술에서도 5단계에 이르는 고위 술법이다.

곤의 능력으로서는 당연히 실패할 확률도 높았다. 또한 여러 가지 조건이 정확히 일치해야만 실행할 수 있었다.

재앙술의 상급 술법은 굉장히 난해하고 많은 제약이 따랐다.

물론 반대급부는 더할 나위 없이 크다.

식신의 강림 술법을 행하기 위해서는 먼저 시체가 온전해야 한다.

피부가 타거나 근육이 찢어지는 정도는 괜찮지만 팔과 다리가 부러지거나 잘리면 식신을 소환할 수가 없었다.

그리고 지하실을 선택한 이유.

식신을 완성할 원령을 부르기 위함이다. 당연한 말이지만 영혼은 태양빛에 약했다. 지하실과 같은 음기가 강한 곳에서 술법을 시행해야만 성공 확률이 높았다.

셋째로 장시간 술법을 시행할 장소가 필요했다. 영혼과 육신이 융합할 때 약간의 진동만 느껴져도 실패할 확률이 높아졌다.

곤은 준비한 물건들을 하나씩 꺼내놓았다.

살아 있는 독지네, 독거미, 독개구리, 온갖 독충들을 끓는 물에 넣었다. 독충들은 기괴하게 몸을 비틀더니 이내 끓는 물 위로 둥둥 떠올랐다.

또한 독충들의 독을 극대화시킬 수 있는 독초들을 잘 갈아서 같이 끓는 물에 넣었다.

쉬이이이익—

수증기가 발생했다. 수증기의 색깔이 독으로 인해 점점 녹색으로 변해갔다.

녹색의 수증기가 지하실을 가득 채웠다. 독에 대한 내성이 없는 일반인이라면 짧은 시간도 버티지 못하고 피를 토하며 쓰러지고 말 것이다.

독에 대한 내성이 상당한 수준에 오른 곤이었기에 버틸 수 있었다.

독으로 가득 찬 수증기가 있는 지하실에서 보름을 견뎌야 한다.

곤은 내공을 이용하여 최대한 호흡을 길게 조절했다. 지하실 천장까지 뿌옇게 차오른 독 수증기는 조금씩 용병들의 시체에 흡수되었다.

강인한 식신을 만들기 위해서는 여러 가지 방법이 있다. 철식신, 돌식신, 악식신 등이 있지만 그중에서 가장 강력한 식신은 독식신이라고 곤은 생각했다.

특히 인간이나 몬스터들과 전투 시에 독식신은 탁월한 전투력을 발휘하게 될 것이다.

"퍼쉬, 체일, 불킨, 비록 짧은 시간이 되겠지만 너희는 고향으로 돌아가 부모님을 모시고 행복하게 살게 될 거야. 그러니까 돌아와야 해."

곤은 살아 있는 닭의 목을 비틀었다. 닭 피로 바닥에 역오망성을 그렸다.

원령을 소환하는 술법이다. 술법이 너무 강력하면 너무 많은 원령들이 모일 수가 있었고 약하면 용병들의 영혼이 이곳을 찾지 못한다.

넘치거나 모자라서도 안 된다.

그 중심을 잡아주는 일을 하는 것이 곤이었다.

사후경직이 된 용병들의 입을 벌리고 곤은 자신의 피를 한 방울씩 흘렸다.

"자, 이제 너희가 깨어나는 것은 오직 하늘의 뜻이다."

위험천만한 식신으로의 부활.

이제 용의 꼬리가 나올지 뱀의 머리가 나올지 보름이 지나면 알게 된다.

Chapter 3. 음모의 소용돌이

아모스 공작 휘하 콜로스 자작의 저택.

콜로스 자작은 소드 익스퍼트 중급의 실력을 가진 자로 인덕이 높아 개혁파 귀족들에게는 꽤나 인기가 높은 기사였다. 다른 귀족들보다 세금도 훨씬 적게 걷어 영지민에게도 존경을 받았다.

하지만 고위 귀족과는 세금 관계로 잦은 마찰을 빚어 귀족들 사이에서 그다지 후한 평가를 받지는 못했다.

그런 그의 저택이 불길에 휩싸여 있었다. 콜로스 자작의 사병들과 기사들은 갑자기 닥친 정체 모를 자들과 싸워 모두 죽음을 맞이했다.

"크흑, 이, 이게 도대체 무슨 일이냐?"

콜로스 자작이 이마에서 피를 흘리며 주위를 훑어봤다. 적들의 시체는 보이지 않았다. 온통 그의 식솔들의 시체만 보였다.

일방적인 도륙.

그 이상도 이하도 아니었다.

콜로스 자작의 기사들도 실력이 낮지 않았다. 그가 최대한 공을 들여 키워낸 기사단이었다. 하여 백작가의 기사단과 견줘도 밀리지 않다고 자부했다.

한데 이게 무슨 일인가.

그토록 자부심을 가지고 키워냈던 기사들이 허무할 정도로 죽임을 당했다.

도대체 누가!

콜로스 자작은 어금니를 강하게 물었다. 입술이 터져서 피가 튀었지만 아픔을 느끼지 못할 정도로 분노했다.

"코, 콜로스 님."

산을 연상시킬 정도로 덩치가 큰 기사단장이 비틀거리며 다가왔다.

그 역시 이미 한쪽 팔이 잘려 나간 상태였다. 때문에 간신히 한쪽 팔로 검을 들고 있었다. 아니, 검으로 몸을 지탱하고 있는 것으로 보였다.

"케인, 내 가족들은 어떻게 됐나?"

콜로스 자작에겐 두 명의 부인과 네 명의 아들, 두 명의 딸이 있었다. 그는 기사단장에게 가족들을 부탁했다. 그라면 가

족들만이라도 무사히 탈출시킬 수 있을 것이라 여겼기 때문이
다.

하지만 그가 이곳에 나타났다는 것은…….

끔찍한 상상이 현실이 될 가능성이 높았다.

"죄송합니다. 정말로 죄송합니다."

기사단장은 무릎을 꿇고 서럽게 울었다. 주군의 가족들을
지키지 못했다는 심적 타격은 예상보다 훨씬 컸다. 오랜 시간
한가족과도 같았던 주군의 가족들을 눈앞에서 잃었다. 콜로스
자작의 아내와 자식들은 광기에 사로잡힌 검은 무복의 사내들
에게 난도질을 당해 죽었다.

그것을 막는 와중에 기사단장 역시 한 팔을 잃었던 것이다.

"정녕, 한 사람도 살아남지 못했느냐."

"크흐흑. 주군, 죄송합니다. 전부 실력이 미천한 저의 잘못
입니다. 제발 이곳에서 벗어나시어 훗날을 기약해 주십시오."

기사단장은 검으로 자신의 목을 찔렀다.

어차피 많은 피를 흘려 살아날 확률은 희박했다. 오직 그에
게 가족의 상황을 전하기 위해 억지로 생명을 붙잡고 있었던
것이다.

콜로스 자작은 검은 하늘을 바라보았다. 이제 갓 태어난 막
내딸이 머릿속을 스치고 지나갔다.

그 어린 것이 무슨 잘못이 있다고. 그 어린 것들이 왜 죽임
을 당해야 한다는 말인가!

"나와! 도대체 누구의 짓이냐! 나오란 말이다!"

콜로스 자작은 덤벼드는 두 명의 사내를 가차 없이 베었다. 그의 손속에 자비라고는 존재하지 않았다.

지독한 놈들이다.

허리가 반 토막이 났지만 사내들은 신음소리 한 번 내지 않고 죽었다.

"나오란 말이다!"

다시 세 명의 사내를 베었다.

점점 모여드는 검은 무복의 사내들이 많아졌다. 이미 저택이 정리가 됐다는 말과도 같았다.

한 사내가 콜로스 자작 앞으로 나섰다. 검은 복면을 하고 있지만 눈빛으로 보아 그가 이들의 우두머리라는 것을 짐작할 수 있었다.

"누구냐, 너흰."

콜로스 자작은 검에 묻은 피를 털어내며 물었다. 상대를 바라보는 눈빛에서는 증오가 감돌았다.

"사태가 이렇게 된 점, 먼저 사죄의 말씀을 드리고 싶습니다."

사내가 말했다.

"내 가족을 모조리 도륙해 놓고 뭐가 어쩌고 저째!"

콜로스 자작의 입에서 날카로운 음성이 터졌다. 금방이라도 사내에게 덤벼들어 목을 잘라내고 싶은 것을 억지로 참고 있었다.

"진심입니다. 저는 콜로스 자작에게 한 치의 악의적인 감정이 없습니다. 대의를 위해서 희생한다고 생각해 주시면 고맙겠습니다."

"대의? 이 무슨 개뼉다구 같은 소리……. 가만……."

젊은 사내의 목소리가 무척이나 귀에 익었다. 젊은 기사들 중에서도 최상위 실력을 가졌다고 알려진 자.

"이 개자식! 텐바구나!"

"……."

사내는 대답하지 않았다.

잠시 눈동자가 흔들리는 것으로 보아 감정을 건드린 모양이었다.

"그렇군. 이제야 알겠어. 이건 모두 테일즈 백작의 머릿속에서 나온 것이야. 하나 왜! 나더냐. 굳이 같은 편을 이리 잔인하게 척결해야 했더냐!"

테일즈 백작과 콜로스 자작은 같은 배를 탄 운명이다. 치열한 당파싸움으로 언제 어디서 화약고가 터질지 알 수 없는 상황이었다.

그런 상황에서 같은 편인 자신을 쳤다는 것이 이해가 가지 않는 콜로스 자작이었다.

텐바는 검은 복면을 벗었다. 준수한 모습의 그의 얼굴이 드러났다.

콜로스 자작을 바라보는 텐바의 입술이 뒤틀렸다. 조금은 자조적인 모습 같기도 했다.

"너 이 개자식, 네가 나에게 이럴 줄은 몰랐다. 감히 네가!

너의 기저귀까지 갈아줬던 나에게 이따위 짓을 해!'

"죄송합니다. 이번 일에 딱 맞는 분은 콜로스 자작님밖에 없었습니다."

"그게 무슨 말이냐!"

텐바는 길게 한숨을 내쉬었다.

"당신은 제국의 화약고입니다. 당신의 죽음은 곧 제국 내부를 혼란으로 몰고 갈 것입니다."

"서, 설마……. 테일즈 백작이 바라는 것이……."

콜로스 자작은 등줄기에서 오한이 일어났다.

만약 그가 짐작하는 바가 맞는다면 자신의 죽음 정도로 끝날 일이 아니었다. 열 배, 아니, 백배나 많은 피를 흘리게 될 것이다.

"맞습니다. 그리고 저희 아버님이 바라는 것이 아니지요. 제국의 젊은 기사들이 원합니다. 썩어 빠진 제국의 미래는 더 이상 없다고."

"그럼 너희가 원하는 것이 바로……."

"그렇습니다. 난세입니다."

"이런 미친, 그런 말도 안 되는 짓거리를."

"먼저 가 계십시오. 훗날 이 죄를 사죄하겠습니다."

텐바의 몸이 움직였다.

"이익!"

콜로스 자작의 검도 같이 움직였다. 오러를 내뿜는 두 개의 검이 허공에서 부딪치며 불꽃을 뿜었다.

챙—

"이럴 수가."

콜로스 자작의 검이 부러졌다.

비록 전설적인 명검은 아니지만 대륙에서 알아주는 명인이
만든 검이었다. 이제껏 단 한 번도 부러지지 않았을 만큼 강한
경도를 자랑했다.

그런 검이 단 일 합에 부러졌다.

콜로스 자작은 텐바의 검을 보았다.

그의 검날에서 붉은색 오러가 넘실거리며 뻗어 나오고 있었
다. 그뿐만이 아니었다. 손잡이에 박힌 보석에서 기이한 문양
이 생겨났다.

저 검에 대해서 들어본 적이 있다.

"서, 설마. 너희는 저 물건에까지 손을 댔느냐!"

콜로스 자작은 경악에 찬 채 비명에 가까운 소리를 내질렀
다.

저것은 저주받은 물건이다. 이 세상에 나와서는 안 되는 존
재였다.

"더 이상은 알 필요가 없을 것이라 생각하오."

텐바의 붉은 오러가 더욱 커졌다. 마치 살아 있는 용을 보고
있는 것 같은 착각을 일으켰다.

붉은 오러의 용은 콜로스 자작을 스치고 지나갔다.

쉬악!

한 가문을 이끌었던 그의 육신은 재가 되어 사라지고 말았다.

"생존자는?"

텐바는 검을 검집에 넣으며 물었다.

"없어요, 오라버니."

한 여인이 어둠 속에서 나타났다. 검은 마스크를 쓴 눈빛이 얼음처럼 차가운 여인이었다.

텐바의 여동생이자 테일즈 백작 가문이 장녀인 샤를론즈였다.

샤를론즈의 말에 텐바는 고개를 끄덕였다.

전장의 마녀라고 불릴 만큼 잔인하고 냉철한 동생이다. 이제껏 그녀에게 실패란 존재하지 않았다.

만약 그녀가 여성이 아니었다면 아버지께선 가문을 그녀에게 물려줬을 지도 모른다. 아니, 확실하게 물려줬을 것이다. 그만큼 그녀의 심계는 깊고 두려웠다.

그런 그녀가 '하렘의 심장'을 잃은 이후 더욱 독하고 강해졌다.

지금 벌어지고 있는 악마와 같은 계략도 그녀의 머리에서 나온 것과 다를 바가 없었다. 전체적인 계획도 오직 샤를론즈가 알고 있을 것이다.

어쩌면 테일즈 백작과 오빠인 텐바도 그녀의 계획대로 움직이는 말일 수도 있었다.

"피해는 얼마나 되나?"

"그런 것은 알 필요도 없어요. 어차피 피의 길을 가기로 작정했잖아요."

무섭도록 잔인한 말.

"하긴 그렇지. 이미 작정을 했지. 좋아, 철수한다."

"그렇게 하도록 해요, 오라버니."

샤를론즈는 빙그레 웃었다. 물론 그녀의 입술을 보이지 않는다.

눈썹이 휘는 것으로 보아 그렇게 느낄 뿐이었다. 그녀는 손바닥을 폈다. 손바닥에서 희미한 빛이 떠올라 저택 곳곳으로 퍼졌다.

철수를 알리는 신호였다.

그때였다.

어마어마한 살기가 저택을 향해서 일직선으로 뻗어오고 있었다.

엄청난 살기!

텐바와 샤를론즈의 얼굴이 뻣뻣하게 굳었다. 제국의 젊은 기사와 마법사들 중에서 최상급의 실력을 가진 그들로서도 이 정도의 살기를 본 적이 없었다.

발가벗은 채 거대한 육식동물 앞에 서 있는 기분이었다.

"뭐지, 이건?"

텐바는 샤를론즈를 보며 물었다.

"모르겠어요."

샤를론즈는 고개를 흔들었다. 그녀의 계획의 없던 변수였다.

언제나 계획을 실행할 때 변수를 예상하지만 지금은 오차가 생각보다 컸다.

이토록 거대한 살기를 가진 자는 본 적이 없었다.

"뭔가가 빠른 속도로 이곳을 향해 오고 있습니다."

검은 무복을 입은 수하들이 텐바와 샤를론즈의 보호하기 위하여 모여들었다.

"어쩔까요?"

무척이나 음조가 단조로웠다. 듣기에 따라서는 감정이 없는 혼령이 대답하는 것도 같았다.

"처리해."

"알겠습니다."

검은 무복의 수하들은 짧게 대답했다. 오십 명에 달하는 검은 무복의 사내들이 각각의 특이한 무기들을 양손에 쥐고 담벼락을 넘어 다가오는 살기를 향해서 뛰어갔다.

저들은 샤를론즈가 특별히 키워낸 어쌔신들이었다. 인원은 200명에 달한다. 전쟁은 기사와 병사들로 한다지만 지금과 같이 암계가 판을 치는 성도 카르텔에서는 어쌔신들이 반드시 필요했다.

특히 저들은 지휘관급을 빼고는 모두 혀를 잘랐다. 글을 읽지도 못하고 쓰지도 못한다. 당연히 적에게 생포가 된다고 하더라도 이쪽 정보를 발설하지 못했다.

사람을 죽이기 위해 키워진 짐승과 같은 아이들. 그렇기에 사람을 죽여도 죄책감을 가지지 못했다.

그렇게 키워낸 아이들이기에.

샤를론즈는…….

아낌없이 그들을 죽게 내버려 둘 수가 있었다.

대신 자신이 맡은 임무를 다하고 죽어야 한다.

검붉은 번개가 떨어졌다.

살기가 강해졌다.

어쌔신들 또한 인간의 겉모습을 한 짐승이다. 지금 다가오는 상대가 어떤 인물인지 모르지만 호락호락하게 당하지 않을 것이다.

쿠르르르르릉—

비가 한 방울씩 내리기 시작했다. 음기가 강해지며 살기는 야생마처럼 날뛰었다.

쿠르르르릉!

어렸을 적부터 전문적으로 살인 병기로 커온 자들과 정체를 알 수 없는 자의 살기가 맞부딪쳤다.

두 거대한 살기는 상당한 거리가 떨어져 있는 샤를론즈와 텐바가 있는 곳까지 전해졌다.

피부가 저릿저릿하다.

"도대체 누구지?"

텐바는 낮은 목소리로 말했다. 자그마치 오십 명이 넘는 어쌔신 무리였다. 그들이 얼마나 잘 단련되어 있는지 이번 습격을 경험해 보며 알았다.

습격이라면 기사들도 이들을 당하지 못한다. 그러나 다가오는 상대가 만만치 않아 보였다.

"글쎄요, 저도 잘."

어지간한 일에는 꿈쩍도 하지 않는 샤를론즈의 표정이 딱딱하게 굳었다.

쏴아아아아아아—

빗줄기가 강해졌다.

강해지는 빗줄기도 저택을 휩쓸고 있는 화마를 잡지 못했다.

텐바와 샤를론즈가 바라보고 있는 담벼락 너머도 마찬가지였다. 전율이 일어날 정도로 살기가 치솟았다.

검과 암기가 난무하며 치열하게 빛을 내지만 아무런 소리도 들리지 않았다.

"어찌 되는 거지?"

소리가 들리지 않으니 답답할 따름이었다.

"오라버니, 준비하세요."

"준비?"

"네."

"왜?"

"밀리고 있어요. 아니, 더 이상 우리 쪽 아이들은 존재하지 않는군요."

쫘지지직—

동시에 담벼락은 강대한 힘을 이기지 못하고 무너졌다. 무너진 담벼락 사이로 누군가 나타났다.

거대한 체구의 사내였다. 2m가 넘는다. 체구만 큰 것이 아니었다. 강철처럼 단단한 근육에서 엄청난 마나가 뿜어져 나왔다.

압도적인, 너무도 압도적인 위압감이었다.

어지간한 일에는 눈썹 하나 꿈쩍이지 않는 샤를론즈의 이마에서 땀 한 방울이 흘러내렸다.

"도대체 저 괴물은 뭐야!"

텐바도 이를 악물며 검을 빼내 들었다. 모든 마력을 사용해 오러를 극대화시켰지만 괴물과 같은 사내가 내뿜는 살기에 비해 손색이 있었다.

"오크군요."

"오크? 말도 안 돼. 무슨 오크의 살기가 저렇게 강해?"

"모르겠어요. 돌연변이 좋이든지. 오크가 아닐지도 모르죠. 하여튼 놈은 저희를 향해서 오고 있어요."

샤를론즈는 양손에 흑마법을 일으켰다.

텐바와 그녀 그리고 오십 명의 어쌔신이라면 콜로스 자작가를 충분히 멸문시킬 수 있을 것이라 여겼기에 더 이상의 전력을 추가하지 않았다.

항상 변수는 존재하지만 이번에는 상상조차 할 수 없는 일이었다.

샤를론즈와 텐바 앞에 나타난 자는 다름 아닌 볼튼이었다. 그는 뮤질란에서 벌어진 참상을 보며 반쯤 미쳐 버렸다. 동생과 부모가 모조리 목이 잘려 죽어 있는 상황에서 누가 이성을 유지할 것이란 말인가.

그는 뮤질란의 참상을 일으킨 자를 쫓았다.

심증이 가는 자는 있었다.

단지 물증이 없을 뿐이었다. 그는 뮤질란에서 살아남은 오크들을 모조리 찾아내어 누가 이런 짓을 저질렀는지 알아낼 수가 있었다.

곤.

그 씹어 먹어도 시원찮을 개자식.

항상 승승장구하던 볼튼에게 처음으로 좌절감을 안겨준 인간.

그 자식이 끝내 뮤질란까지 쫓아와 엄청난 사단을 일으킨 것이다.

볼튼은 뮤질란에서 높은 지위에 올라 호의호식하겠다는 꿈이 무참하게 박살 났다. 완전히 불타 버린 태양의 신전이 그것을 상징했다.

볼튼은 남아 있던 약간의 양심을 버렸다.

사랑도 버렸다.

가족애도 버렸다.

전우조차 필요가 없었다. 그에게 남은 것은 오직 곤에 대한 복수뿐이었다.

오로지 한 가지의 감정만이 남자 볼튼은 상상도 할 수 없을 만큼 빠르게 강해졌다.

무형의 살기만으로도 허약한 오크나 인간을 죽일 수 있을 만큼⋯⋯.

육상 최강의 몬스터라고 불리는 오거도 맨손으로 찢어 죽일 수 있는 것이 현재의 볼튼이었다. 아무리 어렸을 적부터 살인 병기로서 훈련을 받은 어쌔신이라고 하더라도 그런 그를 당해 내기란 불가능에 가까웠다.

볼튼은 맹수의 눈으로 샤를론즈와 텐바를 훑어봤다. 이제껏 봐왔던 인간들보다 훨씬 강하다. 하나, 그의 상대는 아니었다.

그가 이곳을 찾은 이유는 단 하나!

곤이 제국의 수도 카르텔 어딘가에 있다는 것을 알았기 때문이었다.

볼튼은 샤를론즈를 손가락으로 가리켰다.

"너에게서 놈의 냄새가 난다."

"무슨 소리냐, 오크!"

샤를론즈는 미간을 좁히며 날카로운 목소리로 말했다.

"사지를 찢어서 개 먹이로 주기 전에 순순히 입을 여는 것이 좋을 거야."

볼튼이 움직였다.

거구에 맞지 않은 빠른 움직임이었다.

샤를론즈가 그를 향해 양손으로 다크 파이어를 연속으로 발사했다.

놀랍게도 볼튼은 마법을 피하지도 않았다. 몸으로 맞부딪친다.

볼튼의 과격한 육체에 충돌한 다크 파이어는 크게 폭발했지만 아무런 충격을 주지 못했다.

"플라이!"

샤를론즈는 몸을 띄우고는 뒤로 물러나며 계속해서 흑마법을 쏟아 부었다.

퍼퍼퍼퍼펑!

지금까지 볼 수 없었던 강력한 폭발이 연쇄적으로 일어났다.

세차게 비가 내리고 있음에도 폭발의 불길은 거세게 번졌다.

콜로스 자작의 저택과 모든 부속물들이 한꺼번에 불길에 휩싸여 무너져 갔다.

무너지는 건물에 시체들은 다시 찾을 수 없을 정도로 산산이 조각났다.

그럼에도 그녀는 볼튼을 쓰러뜨릴 수가 없었다. 언제나 오만하고 냉소적이며 도도했고 한 치의 흐트러짐을 보이지 않았던 그녀의 이마에 땀방울이 송골송골 맺혀 고운 뺨을 타고 흘러내렸다.

또다시 이런 일을 겪다니…….

그녀는 어금니를 강하게 물었다.

이제껏 자신을 능가할 존재는 극히 적을 것이라 여기고 살았다.

적으면 10년, 많으면 20년 안에 대륙 최강의 여성 메이지가 될 것이라 자부했다.

그녀를 아는 모든 사람들은 그것을 당연히 여겼고 그녀조차 믿어 의심치 않았다.

흑마법을 익힌 이유는 간단하다.

더 빨리, 더 높이 강해지기 위해서였다.

하지만 그녀의 하늘과 같았던 자부심은 곤이란 자를 만나면서 깨졌다.

샤를론즈가 보기에 그는 보잘 것 없는 용병이었다. 우습게도 그는 그녀의 애완동물을 돌려달라면서 세리포스 요새까지 찾아왔다.

수인족 따위를 동생이라고 부르다니.

기가 차서 웃을 생각도 나지 않았다.

샤를론즈는 그를 가지고 놀았다. 그가 그토록 바라던 동생을 시켜 치명상을 입게 만들기도 했다.

그러나…….

그는 믿기 어려운 치유력으로 다시 그녀의 앞에 나타났다.

그때 깨달았어야 했다.

그가 그녀의 생각보다 훨씬 강하다는 것을. 그것을 끝까지 부인한 샤를론즈는 그에게 치명상을 입었다.

만약 가지고 있던 마법 스크롤이 아니었다면 지금쯤 차가운 바닥에서 데스 윔의 먹이가 되었을 것이다.

그 일이 있은 직후 그녀는 절치부심하며 실력을 쌓았다. 더욱 강해지기 위해 발버둥을 쳤고 더욱 냉정하게 실력을 쌓아갔다.

지금의 그녀라면 다시 곤과 붙는다고 하더라도 이길 수 있을 것이라 확신했다.

그런데 갑자기 나타난 저 괴물과 같은 오크는 무엇이란 말인가.

그녀가 보유한 대인 최강의 흑마법인 '버스트 헬' 마저 튕겨낸 것이다.

한 번 작렬하면 상대방이 재가 될 때까지 수만 도의 초고열을 내뿜는다는 가공할 위력의 흑마법도 저 괴물과 같은 오크에게는 한낱 장난에 지나지 않았다.

마법을 익히고 난 후 두 번째로 그녀는 등줄기에서 식은땀을 흘리고 있었다.

도저히 그녀의 능력으로는 오크를 잡을 수가 없었다. 그녀의 육신을 이용한 최강의 마법 '다크 스페이스'가 있기는 하지만 이번에도 실패하면 그녀는 자신이 만든 아공간에 빨려 들어가고 만다.

그런 위험을 감수할 수는 없었다.

또한 그것을 실행할 시간도 없었다. '다크 스페이스'를 실행하기 위해서는 최소한 마력이 최고조에 달해야만 했다. 아니면 다크 소서러 다섯 명 정도의 마력을 흡수해야만 한다.

지금은 어떤 것도 실행할 수가 없었다.

샤를론즈가 할 수 있는 일이라고는 이를 악물고 오크의 공격에서 피하는 것뿐이었다.

퍼퍼퍼펑!

십여 발의 전격 마법을 몸으로 받아낸 볼튼이 샤를론즈의

코앞까지 날아들었다. 손만 뻗으면 그녀의 여린 목이 잡힐 정
도의 짧은 거리였다.

"내 동생에게 손대지 마!"

텐바가 날아들었다. 그는 검에서 붉은빛 오러를 발하며 볼
튼을 내려쳤다.

"흥, 하룻강아지 같은 놈이."

볼튼은 코웃음을 쳤다.

하지만 그의 생각과는 다른 결과가 펼쳐졌다. 엄청난 위력
의 오러가 볼튼의 머리 위에 작렬하는 것이다. 순간적으로 '피
해야 한다' 라는 본능이 볼튼의 뇌리를 꿰뚫었다.

퍼퍼퍼퍼펑!

강렬한 스파크가 사방으로 뻗어나갔다. 내리던 빗줄기가 스
파크에 맞아 공중에서 증발되었다.

볼튼의 얼굴 근육이 딱딱하게 굳었다. 굵은 두 눈썹은 심하
게 일그러졌다. 인간 세계에 나오고 난 후 처음으로 있는 뒷걸
음질이었다.

이제껏 어느 누구도 그의 전진을 막은 자는 없었다.

그를 막을 수 없는 것은 텐바도 마찬가지였다. 그럼에도 그
를 저지할 수 있었던 것은 그가 가진 능력보다는 검의 위력 덕
분이라고 말하는 편이 옳을 것이다.

전설 속에 잠들어 있던 대륙 7대 마검. 그중에 서열 6위에
해당하는 화룡의 베로닉스가 바로 그 주인공이었다.

고대 던전을 발굴한 것도 아니었다.

드래곤의 둥지를 턴 것도 암흑의 왕 리치를 소탕한 것도 아니었다.

그 검을 얻을 수 있었던 것은 순전히 운이 좋았다고밖에 할 수 없었다.

어느 젊은 백수가 가문의 검을 싸게 팔겠다고 가져왔던 것이 바로 화룡의 베로닉스였던 것이다. 사실 처음에는 그 검을 싸게 사고도 특이한 점은 느끼지 못했다.

그 검이 얼마나 대단한 것인지는 마나를 주입시키고 난 후에 알 수 있었다.

언령.

검에 깃들어 있던 화룡의 영혼과 동화되기 시작했던 것이다.

그 이후 텐바는 천재라고 불리던 동생 샤를론즈와도 견줄 만큼 빠르게 강해졌다.

그렇기에 텐바는 놀랐다.

그의 공격을 이토록 멀쩡하게 받아낼 수 있었던 자는 볼튼이 처음이었던 것이다.

"너희들, 제법이군."

너무도 광폭했던 볼튼의 눈이 점차 정상으로 돌아왔다. 샤를론즈와 텐바를 바라보는 눈빛은 호기심이었다.

감히 인간 따위가 나의 한 수를 받아 내다니, 라는 흥미로움.

반면 샤를론즈는 심한 수치심을 느꼈다. 이제껏 자신을 저

따위 눈빛으로 바라보는 인간은 없었다.

당연히 엘프나 드워프, 오크들 따위는 그녀를 쳐다보지도 못했다. 이종족들은 인간들의 노예이지 대등한 존재가 아니었다.

한데 지금 그녀를 내리깔 듯이 바라보고 있는 자는 애완동물로도 취급을 하지 않던 오크였다.

그녀가 살아온 인생을 되돌아 봤을 때 심하게 수치심을 느끼는 것이 어찌 보면 당연했다.

예전의 그녀라면 분을 참지 못하고 상대와 사생결단을 내려 했을 것이다.

지금의 그녀는 그렇지 않다.

치밀어 오르는 화를 가라앉히자 괴물과 같은 오크에 대해서 다시 한 번 생각하게 되었다.

냉정을 되찾은 것이다.

먼저 저 오크가 미칠 듯한 살기는 내뿜는 이유.

그 이유를 알아야 했다.

저 오크는 자신에게서 그의 냄새가 난다고 하였다. 자신과 만난 적이 있는 어떤 인물과 원수를 진 듯했다.

문제는 자신과 만난 그 인물이 누구냐는 것이다.

"당신은 누구를 찾고 있지?"

샤를론즈가 볼튼에게 물었다.

"곤……."

볼튼은 짧게 대답했다.

그녀와 사내의 실력으로 봤을 때 자신이 이들을 쓰러뜨리는 것은 쉽지 않았다. 만약 이들이 곤의 위치를 쉽게 가르쳐 준다면 굳이 더 이상 싸울 필요는 없을 것이다.

곤!

잊으려야 잊을 수 없는 그 이름.

샤를론즈가 이번 일을 계획하면서 가장 먼저 함정에 빠뜨린 인물도 그자였다.

솔직히 말하면 운이 좋게 그녀와 다니엘 백작의 딸인 메딜라가 쳐 놓은 거미줄에 알아서 걸린 것이지만.

그녀는 천천히 그가 죽어가는 모습을 감상하려고 하였다.

그런데 저 괴물과 같은 자까지도 그를 노리고 있다니.

곤, 이 자식 도대체 저 괴물과 어떤 악연으로 맺어진 거냐.

"곤이라면 잘 알지."

"그런가? 잘됐군. 놈을 어딜 가면 만날 수 있지?"

볼튼의 눈매가 다시 포악하게 변했다. 샤를론즈와 텐바조차 버텨내기가 힘든 살기였다. 장담하건만 어쌔신들은 저 광폭한 살기에 제대로 된 대항도 하지 못하고 몰살을 당하고 말았을 것이다.

"알고 있나? 놈은 강해."

"너희가 상관할 바가 아니야. 어디 있는지 가르쳐 주기만 하면 돼. 다른 생각을 한다면 너희가 보는 앞에서 가족을 모조리 죽인 다음 놈의 행방을 묻겠다."

"감히……."

텐바가 발끈했다.

세상의 어느 누가 테일즈 백작 가문의 장남과 장녀를 앞에
두고 그딴 말을 내뱉을 수가 있을까. 미치지 않고서는 불가능
한 말이었다.

샤를론즈는 그런 텐바의 팔을 잡고 진정시켰다.

검을 빼내려던 텐바는 움찔거리며 샤를론즈를 바라봤다.
'제가 해결할게요, 오라버니'라고 샤를론즈의 눈빛은 말하고
있었다.

어금니를 물며 텐바는 한 걸음 뒤로 물러났다.

"흥, 덤벼도 상관없는데."

볼튼은 이죽거렸다.

"당신은 그를 죽이지 못해."

"내가 죽일 수 없는 인간은 없어."

"과신하지 마. 당신은 분명히 강해. 하지만 수천, 수만이 넘
는 인간들을 뚫고 그를 죽일 수 있겠어?"

"나에게 불가능은 없다."

"그래?"

샤를론즈는 마나를 움직였다. 마나가 어느 정도 회복이 되
었다. 그녀는 자신이 가진 모든 흑마법을 사용해 텐바의 몸에
버프를 걸어주었다.

체력 회복, 마나 회복, 스태미나 회복, 마법 방어력 상승, 타
격 약화, 버서커 모드, 신의 가호 등 수십 가지의 버프가 텐바
의 몸을 휘감았다.

텐바는 믿을 수 없을 정도로 몸이 가벼워짐을 느꼈다. 이제껏 한 번도 이 정도로 많은 버프가 몸을 감싼 적이 없었다.

족히 두 배 이상은 강해진 듯했다.

"당신도 강자니까 알 거야. 지금 상태의 이 사람을 이길 수 있을 것이라 생각해?"

샤를론즈는 텐바를 가리키며 말했다.

볼튼은 신음을 속으로 삼켰다. 저 기사는 강하다. 그것은 처음 봤을 때부터 알았다.

하지만 그뿐이었다.

자신과 맞상대를 할 정도는 아니었다. 물론 그가 들고 있던 검에서 상당한 위력이 터진 것은 예상외였다. 그렇다고 하더라도 충분히 싸워 이길 수 있을 것이라 여겼다.

그러나 지금의 저 기사는…….

상식을 초월할 정도로 강해졌다.

오크에게 샤먼이 있다면 인간에게는 마법사가 있다.

"마법이란 것인가?"

"맞아. 저 사람과 싸워서 이길 수 있겠어?"

"……."

볼튼은 잠시 침묵했다.

그는 감춰두고 있는 수가 몇 개나 있었다.

그중의 하나가 사나운 사자의 모습을 하고 있는 볼튼의 정령 라이온 스피릿이었다.

라이온 스피릿을 소환하면 어렵지 않게 인간들을 죽일 수가 있었다.

하나 인간 여자의 말투로 보아 수하들을 참살했음에도 악의를 보이지 않고 있었다.

보통은 있을 수 없는 일이었다. 그것은 저년이 자신에게 어떤 것을 바라고 있다는 뜻.

"원하는 것이 뭐지?"

잠시 생각하던 볼튼이 샤를론즈에게 물었다.

"훗, 이제야 대화할 자세가 되었군. 나는 샤를론즈라고 해. 당신이 그토록 원하는 곤에게 나 역시 원한을 가지고 있는 사람이지."

샤를론즈는 빙그레 웃었다.

샤를론즈는 텐바에게 '오라버니, 저희 먼저 가겠습니다. 뒤처리를 부탁해요' 라는 말을 남기고 볼튼이라는 오크와 함께 사라졌다.

쏴아아아아—

점점 더 심해지는 빗줄기.

혼자 남아 비를 맞는 텐바는 참을 수 없는 욕지기를 느꼈다.

"씨발년. 창녀 같은 년. 도대체 네년이 뭐기에 나를 이따위로 대접해. 내가 네년의 부하야 뭐야! 나는 엄연히 테일즈 가문의 장남이야. 장남이라고. 감히 네년 따위가 나에게!"

그때였다.

—dmaldladladla.

뭔가가 그의 귓가에 작게 속삭였다. 무슨 말을 하는지 알아들을 수는 없었다.

간질거리듯이. 계속해서 그에게 말을 걸었다.

놀란 텐바가 주위를 돌아보았다. 아무런 인기척이 느껴지지가 않았다.

"누구냐!"

텐바는 외쳤다.

—dmaldkladkaadlakd.

속삭임의 강도가 강해졌다.

텐바는 귀신에 홀린 것처럼 속삭임이 들리는 곳으로 걸어갔다.

불에 타버린 저택이 있는 곳이었다. 무너진 돌무더기 사이로 뭔가가 텐바의 눈에 보였다.

눈과 입을 꿰맨 듯한 형상을 한 기이한 모양의 작은 돌이었다.

무척이나 불길했지만 텐바는 참을 수 없는 유혹을 느꼈다. 그는 천천히 손을 뻗어 돌을 집었다. 돌을 잡자 텐바의 눈동자가 녹색의 빛을 보였다 사라졌다.

아주 짧은 시간이었다.

텐바는 주위를 살펴본 후 아무도 없는 것을 확인하고는 주머니에 돌을 넣었다.

Chapter 4. 진화

지하실에서 식신의 술법을 펼친 지 며칠이나 지났는지 시간의 감각이 무뎌졌다.

뮤질란에서 함정에 빠져 지하 동굴에 갇혔을 때는 대샤먼 크레타스와 말린이 함께였기에 감각이 이토록 무뎌지지는 않았다.

하지만 지금은 철저하게 혼자였다. 달빛이 보이는 것도 아니고 햇빛이 비치는 것도 아니었다.

마치 처음 이곳에서 눈을 떴을 때 참혹한 동굴 속에 있었던 것처럼.

어찌 된 일인지 펑펑은 나타나지 않았다. 몇 번이나 그녀를 불렀지만 대답도 없었다.

그녀와 곤은 영혼의 계약으로 인해 의식적으로 연결이 되어 있었다. 서로가 원하면 언제든지 눈을 마주치고 말을 나눌 수가 있는 것이다.

그러나 지금은 그녀와의 의식이 끊겼다. 그 말은 둘 중의 한 명이 의식적이든 무의식적이든 연결을 바라고 있지 않다는 말과도 같았다.

보름의 시간은 곤과 죽은 용병들에게 무척이나 중요했다. 식신으로 되살아나기 위해 곤은 필사의 능력을 보여야 했다.

조금이라도 중심이 흐트러지면 영혼은 되돌아오지 못한다.

하지만 그 과정이 너무도 힘들고 고됐다.

영혼을 끌어들이며 동시에 시체가 되어버린 육체도 강화시켜야 한다.

굳은 뼈와 근육을 원활하게 사용할 수 있게 만들고 심장을 통해 피가 돌게 해야 한다. 피가 돌지 않으면 육체는 경직된다.

심장을 움직이려면 막대한 마력이 필요했다. 그 마력은 곤과 바닥에 그려진 룬어에서 만들어졌다.

하렘의 심장과 같은 절대무구가 있었더라면 훨씬 만들기 쉽겠지만 그것은 대류 전체를 통틀어도 하나밖에 없는 귀한 아이템이었다.

곤은 독으로 가득한 수증기를 손으로 흡수하여 시체들의 심장에 계속하여 주입하였다. 영혼의 부활과 인공적인 심장이 합쳐지면 육체 또한 새롭게 바뀐다. 예전의 육체로는 독혈을

견뎌낼 수 없는 것이다. 독혈을 견뎌내기 위해서는 훨씬 강화
된 육체가 필요했다. 하여 인공적인 환골탈태가 이뤄지게 될
것이다. 그 과정은 보통의 인내로는 견뎌낼 수 있는 작업이 아
니었다.

곤이 아무리 심장에 독을 가득 주입한다고 하더라도 아주
미세한 정도밖에 쌓이지 않는다. 어쩔 때는 모조리 빠져나가
기도 한다.

거센 물살이 휘몰아치는 곳에 방파제를 쌓듯이 하나씩 채워
나가야 하는 고되고 지루한 작업이었다.

이것을 반복하다 보면 언젠가 용병들의 심장은 독의 내기로
가득 차게 될 것이다.

힘들지만 곤에게도 성과가 없던 것이 아니었다. 그는 내공
을 조절할 수 있게 되었다.

지금까지는 무조건 내공을 뽑아내고 마력으로 바꾸어 사용
했었다.

혹은 술법으로 호환했다.

내공은 무한정한 것이 아니다. 쓰면 쓸수록 바닥이 난다. 물
론 휴식을 취하면 체력과 함께 내공이 돌아오지만 장시간 사
용할 수는 없었다.

그러나 지금의 요령을 터득하면서 내공을 사용할 수 있는
시간을 두 배 가까이 늘렸다.

이것은 전력을 다해 싸울 수 있는 시간이 두 배 가까이 늘어
났다는 것을 뜻했다.

식신을 강림시키는 일이 곤에게도 큰 깨달음을 준 셈이었다.

모든 내기를 소모한 곤은 잠시 자리에 앉아 가부좌를 틀고 휴식을 취했다.

그는 눈을 감은 채 휴식을 취했다.

지금과 같이 내기를 모두 소모한 경우에는 억지로 내공을 일으키는 것보다 명상을 취하는 편히 훨씬 육체에 도움이 되었다.

곤은 무상심법의 구결을 외우며 점점 무아지경에 빠져들었다.

무아지경에 빠진 곤은 아주 오랜만에 혜인을 만났다. 무척이나 오랜 시간이 흐른 것처럼 느껴졌다. 곤은 그녀를 안고 흐느꼈다.

보고 싶다고.

너에게 가고 싶다고.

그녀는 그런 곤의 등을 두드려 주며 말했다.

"고마워, 오빠. 나도 오빠가 너무 보고 싶어. 하지만 오빠는 아직 할 일이 남아 있잖아. 그러니까 걱정하지 말고 오빠의 일을 해. 나도 그때까지는 절대로 죽지 않을 테니까."

"주인, 주인, 일어나 봐."

꿈결처럼 아련한 목소리가 독한 향기를 타고 곤의 감각을 타고 들어왔다.

"주인, 주인! 일어나 봐. 뭐야, 간만에 봤는데 계속 자빠져 있을 거야?"

펑펑의 목소리였다.

말은 하지 않았지만 그동안 그녀가 꽤나 그리웠다. 썽과 코일코가 없는 상황에서 그녀가 유일한 동반자가 아니던가.

그녀의 목소리를 들으니 기분이 좋아진 곤은 자면서도 빙그레 미소를 지었다.

"이 주인이 쳐돌았네. 왜 자면서 실실 쪼개고 지랄이야, 지랄은. 확 아가리를 쪼개서 뱀술을 담가 버릴까 보다."

누군가 곤의 두 눈을 잡고 위아래로 당겼다. 눈이 강제로 떠졌다.

깊은 잠을 자고 있던 곤은 깜짝 놀라 눈앞에 있는 그것을 바라봤다.

"펑펑?"

"이제야 정신이 드냐, 등신 주인아? 도대체 몇 번을 불러야 일어날 거야? 완전 빠졌구만. 내가 어쌔신이었다면 어쩔 뻔했어? 그냥 뒈졌다고."

아주 걸쭉한 욕설의 퍼레이드.

분명 펑펑이었다.

곤의 정신이 돌아왔다. 그는 자리에서 일어나 펑펑을 보았다. 묘하게 분위기가 달라졌다. 분명 뭔가가 달라졌는데 그것이 무엇인지 정확하게 찾아낼 수 없는 곤이었다.

"반갑네."

"그렇지! 반갑지? 내가 없으니까 심심해서 죽을 것 같지? 오
호호호, 그럼 엎드려서 절이라도 해. 너무 보고 싶어서 죽을 뻔
했다고."

역시 펑펑이다.

저런 뻔뻔한 말도 아무런 양심의 가책 없이 내뱉는 것을
보면.

"그런데 지금까지 어딜 갔다 온 거야? 아무리 불러도 대답
이 없던데."

"정령계."

"정령계? 거긴 왜?"

"음, 얘기해 줄까, 말까. 호호호 고민되네."

"그냥 얘기해 주지. 보다시피 내가 지금 꽤나 피곤한 상태거
든."

"흥, 주인은 여자를 몰라. 결혼은 어떻게 했는지, 원. 자, 나
를 봐봐. 뭔가 달라진 점이 없어?"

펑펑은 곤의 눈앞에서 양 옆구리에 손을 대고 특이한 포즈
를 취했다.

녹색으로 변한 몸의 색도 그대로고 엄지손가락만 한 크기도
그대로였다.

가슴이 커졌나? 그건 아니다. 가슴이 커졌다고 하면 분명 펑
펑은 좋아할 테지만.

변한 것이 무엇인지 곤은 짐작할 수가 없었다.

곤이 머리를 갸우뚱거리자 펑펑의 양 볼이 크게 부풀어 올

랐다. 화가 났을 때 취하는 행동이었다. 그는 곤의 귓불을 잡아당기며 있는 대로 크게 소리쳤다.

"이 쌍, 떨박 주인아! 정말 여자의 마음을 몰라도 한참을 몰라. 이 정도 힌트를 줬으면 대충이라도 알아먹어야 할 것 아냐!"

귀청이 떨어져 나갈 뻔했다.

곤은 귀를 잡고 멍한 표정으로 펑펑을 바라봤다. 달라진 점이 혹시 목소리인가?

"이 멍청한 주인이 아직도 감을 못 잡네. 자 봐봐, 내 날개."

펑펑이 등을 돌려 날개를 보여줬다. 그러고 보니 두 쌍의 날개는 세 쌍으로 변해 있었다.

"날개가 두 개 더 늘었네. 날개가 늘면 나이라도 먹는 거야?"

정말 답이 없다, 내 주인은, 이라고 펑펑은 생각했다. 설명을 해주지 않으면 끝까지 모를 것이다. 그녀는 길게 한숨을 내쉬었다.

"나 얼마 전까지 평범한 정령인 실버 소울이었거든."

"그런데?"

"지금은 기간틱 소울이 되었어."

정령들의 체계에 대해서 샤먼 살롱쿠기에게 배웠다. 평범한 정령인 실버 소울과 기간틱 소울은 모든 면에서 하늘과 땅 만큼이나 차이가 난다고 하였다.

곤은 자신의 우둔함에 고개를 흔들었다.

그녀는 주인인 곤에게 가장 먼저 자랑을 하고 싶었던 거였다. 그것을 모르고 계속 딴 말만 했으니 펑펑이 화를 내는 것도 당연했다.

"미안해. 내가 그런 쪽에 조금 무디거든."

"무디거든? 겨우 무디거든?"

"다음에는 꼭 알아차릴게."

"흥, 됐어."

"정말이야."

곤은 진심을 담아 펑펑에게 사과했다.

주인의 그런 모습을 보자 펑펑도 슬그머니 미안해졌다. 너무 몰아세운 것이 아닌가라는 생각도 하였다. 그녀는 짐짓 아무렇지도 않다는 듯이 얘기했다.

"다음부터 그러지 말란 말이야. 나처럼 특별한 정령은 그런 것에 민감하거든."

"명심하지."

고개를 끄덕인 곤은 펑펑을 유심히 살폈다. 정령은 인간이나 다른 종족들과 달라서 무엇이 변했는지 겉으로는 모르겠다.

"갑자기 어떻게 기간틱 소울이 된 거지?"

"주인 덕분이지 뭐."

"내 덕분이라고?"

"응, 맨 처음 주인을 만났을 때와 지금의 주인을 생각해 봐."

"많이 다른가?"

"당연한 소릴 하고 자빠졌네. 처음의 주인이 요만한 반딧불이었다면 지금의 주인은 최소 그믐달은 돼. 예전의 주인 백 명이 덤벼도 지금의 주인 한 명을 못 이길걸. 그만큼 내공의 양도 엄청나게 늘었고. 덕분에 나도 빠르게 강해졌지. 내 친구들도 깜짝 놀랐을 정도야. 단시일 내에 기간틱 소울로 변한 것은 아마 나뿐일걸."

펑펑은 자랑스럽다는 듯이 어깨를 으쓱거렸다. 하지만 겉만 봐서는 얼마나 달라졌는지 알 수가 없었다.

"강해진 거니?"

"당연하지."

"얼마나?"

"주인이 상상할 수 없을 만큼. 아마 깜짝 놀랄 거야."

"보여줄 수 있니?"

"후후, 그럴까."

펑펑은 곤을 보며 느끼한 미소를 지었다. 그러고는 '덤벼봐'라고 말했다.

덤벼보라고?

곤은 자신이 잘못 들었는지 착각했다.

"그런 표정 짓지 말라고. 내 실력을 보여 달라면서? 몸으로 느껴보라고."

펑펑은 곤과 거리를 벌리며 세 쌍을 날개를 펼쳐 날아올랐다.

곤과 펑펑의 접근전은 애당초 성립이 되지 않는다. 서로의 체구뿐만이 아니라 곤의 무지막지한 근력을 막아낼 힘이 애초에 펑펑에게는 없었다.

그녀가 거리를 벌린 이유는 하나뿐이었다.

곤이 자신 있어 하는 술법으로 덤벼라!

하지만 곤의 술법은 예상보다 훨씬 강력하다. 이 좁은 공간에서 술법을 쓰게 되면 기껏 준비해온 식신의 술법이 모두 날아간다.

"하급 부두술 따위는 쓰지 마. 주인이 자신 있어 하는 재앙술을 써도 돼. 걱정 안 해도 되니까."

곤의 근심을 눈치 챈 펑펑이 말했다.

"좋아, 믿고 가지."

곤은 용병의 시체들에서 떨어졌다. 떨어졌다고 하더라도 기껏해야 몇 미터의 거리였다.

위력이 약한 술법을 쓴다고 하더라도 시체들이 휘말릴 가능성이 있었다.

지금 곤이 술법은 쓰려고 하는 것은 전적으로 펑펑을 믿기 때문이었다.

하지만 어떤 술법을 써야 펑펑도 다치지 않고 시체들도 무사할까.

불의 술법? 물의 술법? 빛의 술법?

아니다.

아무리 펑펑을 믿는다고 하더라도 그런 술법을 쓴다면 식신이 될 시체들에게 영향이 갈 수 있었다.

곤은 자신만만하게 대치를 하고 있는 녹색 피부의 평평을 보았다.

그래.

넌 물의 정령이지만 독에 일가견이 있었지. 좋아, 믿고 간다.

곤은 손바닥에 상처를 내서 약간의 피를 뽑았다. 내공을 결합하여 피의 독성을 최대한으로 강하게 만들었다.

극소량의 피로 물소 수십 마리를 독살시킬 수 있을 정도였다. 돈으로 환산해도 수십 골드 이상이 나갈 정도의 가치가 있었다.

거기서 끝난 것이 아니다.

곤은 만들어낸 극성의 독을 허공에 띄웠다.

"바람의 술."

폭풍의 술은 너무 위험하다.

하지만 바람의 술이라면 정확하게 목표를 맞출 수가 있었다. 바람의 술법이 펼쳐지자 극독은 수백 방울로 나눠져 평평에게로 날아들었다.

이렇게 하면 한 마을을 떼죽음으로 만들 수 있을 정도의 극독으로 변한다.

제아무리 독에 대한 면역력이 뛰어난 평평이라고 하더라도 위험했다. 자체 치유력의 한계를 넘어서면 평평은 소멸하고 만다.

"좋아, 좋아."

오히려 펑펑은 기분 좋게 웃었다. 그녀의 날개가 양쪽으로 넓게 퍼지며 세차게 휘저었다. 작은 체구지만 힘찬 날갯짓은 커다란 독수리의 것 못지않았다.

날갯짓이 강해지자 허공에 존재하고 있던 작은 수증기가 그녀를 중심으로 모여들었다. 눈에 보이지도 않을 작은 물방울이 점점 커져 갔다.

이윽고 곤의 눈에도 물방울이 확연하게 보였다.

쏴아아아아—

순간 곤의 극독이 펑펑을 내려쳤다.

지하실의 벽면도 충분히 녹일 극독이었지만 전혀 그런 것이 보이지 않았다.

모두 펑펑이 흡수한 물방울에 흡수된 것이다. 이런 식의 방어가 가능할 줄은 생각도 못 했다.

공기를 떠다니는 작은 입자를 모아서 물방울로 만들어 방어를 해내다니.

"히히, 보라고."

펑펑이 장난이 가득한 얼굴로 입술을 오물거렸다.

그녀는 양팔을 옆으로 뻗었다. 독으로 가득한 물방울이 더욱 강력하게 지하실 전체로 퍼져 나갔다.

이윽고 지하실을 가득 채운 독은 곤이 힘들여 만들었던 독으로 된 수증기보다 몇 배나 지독해졌다.

곤조차 인상을 찡그릴 정도였다.

"헤헤, 어때?"

공격을 어렵지 않게 막아낸 펑펑은 '나 잘했으니까 칭찬해줘'라는 표정으로 날아와 곤의 어깨에 앉았다.

곤은 꽤나 놀란 표정으로 고개를 돌려 펑펑을 바라봤다. 예전의 그녀는 독에 대한 중화 능력과 마취 정도의 독만을 사용할 수가 있었다.

실버 소울인 그녀가 그 정도의 능력을 사용하는 것 자체가 비상식적이었지만 지금의 능력은 그것을 훨씬 뛰어넘었다.

그녀의 능력은 이것이다.

흡수(吸收).

증폭(增幅).

곤이 사용한 독은 엄청난 살상력을 지녔다. 일개 정령이 받아낼 수준의 것이 아니었다.

하지만 그것을 흡수한 후 몇 배로 강력하게 만들어 내뱉으며 되받아쳤다.

보고도 믿기지 않을 가공할 능력이었다.

만약 그녀가 곤의 능력을 온전히 받아내어 증폭시킬 수만 있다면?

곤을 괴롭혔던 마법사와 기사들의 조합을 아무렇지도 않게 깨뜨릴 수 있을 듯했다.

"기간틱 소울 수준의 정령이 되면 원래 이 정도로 강해지는 거야?"

곤은 한 단계 실력을 발전시키기 위해 피나는 훈련을 쌓았다.

하지만 평평은 몇 단계를 훌쩍 뛰어넘었다. 기간틱 소울과 계약을 맺는 자라면 본래의 능력보다 훨씬 강한 힘을 낼 것이다.

"그럴 리가 있나. 정령들은 각각의 계약자에 맞게 발전해. 그러니까 모든 정령들의 특성은 다르지."

"그럼 상위 단계인 얼티메이트 소울이 되면 얼마나 강해지는 거야?"

"나도 잘 몰라. 얼티메티트 소울은 인간으로 치면 마스터 급이라고. 정령계에서도 흔한 존재가 아니야. 하지만 대충 감을 잡을 수가 있지. 지금보다 족히 열 배 이상은 강해질 거야. 물론 능력도 훨씬 더 늘어나고."

"대단하군."

"대단하지. 정령들의 꽃이 기간틱 소울이라면 정령들의 최종형은 얼티메이트 소울이야. 단, 내가 얼티메이트 소울이 되려면 전적으로 주인의 능력이 지금보다는 훨씬 더 대단해져야 돼. 주인의 능력이 여기서 멈추면 나도 여기서 멈춰."

"내가 강해지면 너도 강해진다라……."

무척이나 달콤한 소리였다. 정령은 믿을 수 있는 든든한 아군이었다. 서로의 계약이 끊기지 않는 한 부부처럼 언제나 함께한다.

자신의 분신과 같은 정령. 더군다나 전투력까지 막강하다. 실력이 동등한 상대를 만난다고 하더라도 어렵지 않게 물리칠 수가 있었다.

정령과의 계약은 실보다 득이 훨씬 더 많은 셈이다.

"왜 사람들은 정령과 계약을 하지 않을까?"

잠시 그런 의문점이 생겼다.

"주인이 더 잘 알 텐데. 경험해 봤으니까."

"아, 그렇지."

인간은 정령의 존재를 믿지 않는다.

정령은 믿는 사람에게만 보인다. 보이지 않으니 계약을 맺을 수가 없었다. 곤 본인이 그 사실을 가장 잘 알고 있지 않던가.

"왜 인간들은 정령을 믿지 않게 되었을까? 너희들과 계약을 했으면 훨씬 더 풍요로운 삶을 살고 있었을 텐데."

"나도 잘 몰라. 벌써 천 년도 넘은 일인걸. 소문은 있지만 믿을 만한 것이 못 돼."

굳이 과거의 일까지 알고 싶지 않았던 곤은 고개를 끄덕였다.

그에게 중요한 것은 현재다.

기간틱 소울로 진화한 펑펑.

그리고 곤.

"아무래도 호흡을 맞춰봐야겠군."

펑펑의 능력은 흡수와 증폭이다.

흡수는 방어에 탁월하고 증폭은 곤의 공격력을 향상시킬 수가 있었다.

하지만 무턱대고 그것을 실현시킬 수는 없었다.

상대가 바보가 아닌 이상 곤과 펑펑이 능력을 향상시킬 때까지 기다려 주지는 않을 테니까.

식신이 탄생할 때까지는 아직 시간이 남았다. 곤과 펑펑은 자신들의 실력을 향상시키기 위해 호흡을 맞추기로 했다. 얼마나 서로의 호흡이 잘 맞느냐에 따라 전투력은 천차만별로 차이가 날 테니까.

그들은 수련을 시작했다.

보름이라는 시간은 식신을 완성시키기 위한 최소한의 필요조건이었지만 곤과 펑펑이 강해지기 위한 필요조건이기도 했다.

*   *   *

용병들은 언제까지고 슬픔에 잠겨 있을 수가 없었다. 마음은 죽은 동료들을 생각하며 술이라도 퍼마시고 싶었지만 씽이 그렇게 두질 않았다.

그들은 에리카의 호의로 중앙 신전에서 멀찌감치 떨어진 곳에 숙소를 잡았다. 상당히 외진 곳이어서 신자들은 거의 오지 않았다.

특별한 일이 아니고서는 신전에 거주하는 성직자들도 나타나지 않았다.

하루 종일 용병들과 씽만 있는 셈이었다.

곤이 용병들의 시체를 가지고 지하실로 들어간 첫날. 씽은 용병들을 보며 '씨익' 하고 웃었다.

본래 잘 웃지 않는 씽이었기에 용병들은 더욱 소름이 돋았는지 모른다.

그동안의 훈련 성과로 용병들은 상당히 강해졌다. 마나를 운용할 수 있는 단전이 생겼고 어렴풋하게나마 그것을 느낄 수 있었다.

몇몇 감이 뛰어난 어린 용병들은 마나를 이용해 육체의 회복 능력을 높일 수 있는 경지에 오르기까지 했다.

체력도 월등하게 좋아졌다. 용병생활을 오래 한 탓에 힘만큼은 좋았지만 체력이 떨어졌다. 체력이 살아나자 장기였던 힘의 활용도도 높아졌다.

더해서 곤은 그들에게 진법을 가르쳐 주었다. 덕분에 그들의 생존 능력은 예전과는 비교도 되지 않을 정도로 성장했다.

하지만 이 모든 것은 예전보다 좋아졌다는 것이지 남들보다 강하다는 뜻이 아니었다.

군집 대형에서 조금의 위력을 발휘할지 모르지만 마나를 자유자재로 활용할 줄 아는 기사라도 만나면 일거에 전멸이었다.

하여 곤이 씽에게 부탁한 것은 개개인이 가진 능력의 업그레이드였다.

모두 나이가 있어 쉽지는 않을 것이다.

하지만 곤의 모토는 '안 되면 되게 하라!' 였다. 어렸을 적부터 곤과 함께 지내온 씽이기에 많은 사상이 닮아 있었다. 씽은 곤을 자신의 목숨만큼이나 믿고 따른다.

하늘이 땅이라고 하더라도 믿을 수 있는 씽이었다.

훈련을 시작하기 전 씽은 용병들을 돌아보며 말했다.

"형님이 안 계실 동안 너희는 족히 두 배는 강해져야 할 것이다. 지금처럼 쫓겨 다니는 일은 다시는 없어야 할 것이다."

용병들은 씽의 말에 눈빛을 빛냈다.

그들은 씽의 말을 '그만큼 강하고 혹독하게 훈련을 시킬 것이다' 라고 알아들었다.

정말로 두 배 이상 강해지게 만들 것이라고는 상상도 하지 못했다.

개개인을 강해지게 하는 법은 여러 가지가 있다.

씽은 그중 용병들에게 어떤 방법을 적용하면 될지 생각해 보았다.

먼저 마나의 양을 남들보다 월등하게 늘려주어 몇 배의 능력을 내게 할 수 있느냐. 당연히 불가능하다. 이들이 기사만큼의 마나를 활용할 수 있는 날까지는 상당한 시일이 필요할 터였다.

두 번째, 적절한 마나와 체력을 함께 섞어 월등한 마나를 가진 자와 자웅을 겨룰 수 있게 만드느냐. 역시 불가능하다.

그럼 훨씬 강한 그들과 어떤 식으로 겨뤄야 할까?

씽이 생각해 낸 방법은 그들이 가지지 못한 기술을 갖추어 주는 것이었다.

기연이 없는 한 마나의 총량을 늘리기 위해서는 오랜 시간이 필요하다.

대단한 10대 천재가 평범한 60대 노기사의 마나량을 쫓아가지 못하는 것과도 같았다.

하지만 기술은 그렇지 않았다.

기술 또한 오랜 시간 단련해야 하지만 마나를 늘리는 것보다는 쉬웠다. 제대로만 한다면 최단 시간 안에 강해질 수 있는 것이 바로 기술이었다.

대륙의 전쟁에서 주요 전력은 단연 마법사와 기사였다. 그들 모두 마나를 바탕으로 싸우는 자들이다. 하여 마나를 바탕으로 하는 기술이 뛰어나다.

그러나 일반 병사들이 사용하는 기술은 형편이 없었다. '무조건 돌격!'이라고 외칠 뿐이었다.

만약 병사들에게도 개인 무술이 있었더라면 훨씬 더 생존율을 높일 수 있었을 것이다.

씽이 곤에게 배운 무술은 도수도였다.

씽 역시 손톱을 사용하기 전까지는 박투술을 즐겨 쓴다. 본래 뛰어난 육체 능력을 가졌기에 박투술을 또한 강력했다. 하지만 단단한 육체만을 믿고 싸우기에는 위험부담이 너무 컸다.

하여 곤은 그에게 도수도를 가르쳤고 본래 가지고 있던 능력과 합해져 훨씬 더 강해졌다.

씽은 곤에게 배운 도수도를 용병들에게 가르치려는 것이다.

곤이 어린 오크들에게 도수도를 가르쳤던 것처럼.

다른 점이 있다면 곤보다 씽이 훨씬 더 험악하고 힘들게 가르친다는 것이다. 일단 상대방의 체력에 대한 배려 따위는 안중에도 없었다.

씽은 곤에게 배운 대로 '안 되면 되게 하라' 라는 말을 입에 달고 살았다.

"정권 찌르기 일천 회. 마지막 구호는 생략한다. 모두 구령에 맞춰서 시작."

씽의 말에 용병들은 입을 다물지 못했다.

말이 일천 회지, 한번 해보라고 말하고 싶었다. 정권 찌르기 일천 번을 하고 나면 팔의 감각이 사라졌다. 마치 팔이 사라진 것 같았다. 그것을 매일 하루도 거르지 않고 실시했다.

물론 그 훈련은 지옥을 경험하게 하는 시작에 불과하지 않았다.

"하나! 둘! 셋! …백마흔다섯! …구백일흔아홉!"

처음에는 빠르고 정확하게 팔을 내뻗었다. 하지만 횟수가 높아질수록 팔이 천근만근 무거워져 밑으로 내려왔다. 도저히 팔을 뻗을 수가 없었다.

특히 마보 자세를 취하고 정권 찌르기를 했기에 오백 회가 지났을 때는 팔과 다리가 동시에 덜덜 떨려왔다. 자신도 모르게 입에서 욕이 절로 나올 지경이었다.

"구백아흔아홉, 천."

천 번의 정권 찌르기가 끝났다.

하지만……

서너 명의 용병들의 입에서 반복 구호가 튀어나왔다.

씨발, 또 어떤 새끼야.

용병들의 얼굴이 똥 씹은 것처럼 구겨졌다. 고개를 돌려 욕이라고 하고 싶었지만 너무 지쳐서 숨도 제대로 쉬기가 어려웠다.

"자, 반복 구호 나왔다. 정권 찌르기 오백 회. 몇 회?"

"오백 회!"

"시작."

"하나! 둘! 셋!"

정말 획기적으로 사람을 괴롭히는 방식이다.

도대체 반복 구호 생략이라는 말은 누가 어디서 생각을 해냈을까.

오십 번, 백 번이라면 그 말을 머릿속에 담아두고 있겠지만 몇 백번쯤 지나가면 하얗게 잊힌다. 용병들은 정권을 내지르며 '나는 누구? 여기는 어디?'를 속으로 외치고 있었다.

"오백!"

또 나왔다.

"다시 시작!"

씽은 가차 없이 말했다.

벌써 다섯 번째 반복 구호가 나왔다.

동이 트기 전인 새벽부터 일어나 아침도 먹기 전에 구보를 하고 훈련을 시작했다.

족히 두 시간이 넘는 시간 동안 정권 찌르기만 무한대로 하고 있었다.

너무 지친 몇몇 용병은 눈알이 뒤집히지 일보 직전이었다.

"사백아흔아홉!"

마침내 마지막 반복 구호가 생략되었다.

용병들은 무릎을 펴고 거친 숨을 내쉬었다. 정권을 찌르는 팔도 팔이지만 마보 자세를 유지하기 위해 힘을 줬던 허리가 끊어질 듯이 아팠다.

"모두 허리 펴!"

씽은 언성을 높였다.

용병들은 세상에서 가장 더러운 인상을 쓰며 끊어질 듯 아픈 허리를 바로 폈다.

"너희는 분명 형님과 안드리안, 나에게 강해지고 싶다고 말했다. 언제까지라도 따라오겠다고. 아닌가?"

"맞습니다!"

작은 목소리를 싫어하는 씽이라는 것을 알기에 용병들은 목청껏 대답했다.

"나는 분명히 말했다. 형님의 부재 기간 중 너희들을 두 배 이상 강하게 만들어 주겠다고. 너희들도 열심히 하겠다고 말했다. 하지만 겨우 이 정도의 훈련으로 그런 인상을 쓸 텐가!"

"아닙니다!"

"더 열심히 할 수 있는가!"

"있습니다!"

"좋아, 믿겠다. 그럼 신속하게 아침을 먹고 다시 집합하도록."

"알겠습니다!"

씽의 말에 용병들은 일렬로 맞춰 식당을 향했다. 신관들이 식사까지 그들에게 갖다 바치지는 않는다. 그들도 여느 신관들처럼 식사 시간에 맞춰 식당에 가야 밥을 먹을 수가 있었다.

신관들과 신전을 지키는 성기사들은 함께 식사를 한다. 하지만 신도들은 신전 안에서 식사를 할 수 없었다. 때문에 족히 수백 명은 동시에 식사를 할 수 있는 커다란 식당 안에는 자리가 넉넉하게 남았다.

배식을 받은 용병들은 긴 탁자에 일렬로 앉아 밥을 먹었다.

"아, 젠장, 스프가 떠지지가 않네."

2조의 조장 페레도가 스푼을 들고 있는 팔을 덜덜 떨었다. 스프가 입으로 오기까지는 상당한 근육통을 이겨내야 했다. 몇몇은 떨리는 팔을 감당하지 못하고 입 옆에 스프를 묻히기도 했다.

"훈련 강도가 나날이 빡세지네. 정말 이런 훈련으로 우리는 강해질 수 있는 걸까?"

가장 어린 메테가 의문스럽다는 듯이 말했다.

"어린놈의 새끼가 못된 것만 배워서."

게론이 메테의 뒤통수를 스푼으로 딱 소리가 나게 때렸다.

"아씨, 왜요?"

"제발 부탁인데 생각 좀 하고 말해라."

"제가 뭘요?"

"우리가 왜 그분들을 선택했는지. 아니, 선택이라기보다는 받아주신 거지. 따지고 보면 그분들 입장에서는 우리는 거추장스러울 뿐이라고. 그냥 버리고 가버려도 상관이 없어."

"그런데요?"

"그런데 그분들이 우리에게 주신 것을 생각해 봐. 비록 말은 부드럽지 않지만 우리는 평생 갚지 못할 은혜를 입었다고."

"그런가?"

"그런가가 아니고 그게 맞아. 내가 장담하지만 네가 소블린에 있을 때를 생각해 봐. 우리 모두 좀비들의 습격에 벌벌 떨었지 제대로 싸울 수도 없었다. 맞아, 안 맞아?"

"그렇긴 하지만."

"뭐가 그렇긴 하지만이야. 그게 맞지. 그때의 우리와 지금의 우리를 생각해 봐. 얼마나 달라졌는지. 모든 면이 월등하게 강해졌어. 더군다나 꿈에도 그리던 마나도 느낄 수가 있잖아. 세상에 어떤 미친놈이 단전을 공짜로 만들어주고 심법을 가르쳐 줘. 자기 자식에게도 비밀로 하는 세상인데."

"그, 그렇네요."

"내가 장담하지. 씽에게 배운 도수도는 우리를 반드시 강하게 해준다. 그러니까 잔말 말고 밥이나 처먹어."

"힝, 알았다고요. 괜히 나한테만 그래."

메테는 울상을 지으며 입안에 음식을 넣었다.

게론은 모두가 들으라고 한 소리였다.

성도로 오고 나서 제대로 발을 뻗고 잔 적이 없었다. 매일같이 암살에 시달렸고 그 와중에 형제와 같던 세 명의 동료가 죽었다.

종종 몇몇이 곤과 안드리안에 대한 불만을 털어놓기도 하였다.

이렇게 가다가는 분열이 생기고 만다. 한 번 믿었으면 끝까지 가야 정상이라고 생각했다.

막말로 최하급 용병 따위를 이렇게 대접해 준다는 것 자체가 영광이었다.

그렇기에 게론이 먼저 손을 쓴 것이다. 그의 말에 뭔가를 느끼는 것이 있었는지 용병들은 아무런 말 없이 식사를 하였다.

"저 거지 같은 새끼들은 언제까지 우리랑 같이 식사를 하는 거야? 불결해서 밥맛이 떨어지잖아."

"그러게 말이야. 이러다 신전 안에 전염병이 도는 것은 아닌가 몰라. 하지만 어쩔 수 없잖아. 성녀님께서 직접 데리고 온 놈들인걸."

"아니 왜 성녀님은 저런 거지 같은 것들을 신전 안으로 데리고 왔데?"

"성녀님이시잖아. 우리와는 다른. 그분 눈에는 저것들이 불쌍하게 보였겠지."

사방에서 수군거리는 소리가 들렸다. 저런 소리가 용병들의 귀에 들린 지 며칠째다. 첫날을 빼고는 매일같이 용병들의 뒤에서 험담을 늘어놓고 있었다.

강도는 점점 세졌다.

용병들도 곤과 성녀 사이에 뭔가 있다고 느낀다. 덕분에 자신들도 목숨을 건졌다.

하여 그들의 험담을 참았다. 자신들이 울컥하게 되면 곤에게 피해가 갈까 봐.

하지만 그들의 험담은 점점 참을 수 없는 지경에까지 이르고 있었다.

"저기 처먹는 것 좀 봐. 하긴 저런 거지들이 언제 이런 고급 음식을 먹어봤겠어. 보기만 해도 불결하네."

속을 뒤집어놓는 끝없는 험담.

"참아. 어서 먹고 나가자."

게론은 낯빛이 변한 용병들을 다독거렸다. 그 역시 이곳에 있기가 거북했다. 아니, 역겨웠다.

겨우 최하급 용병들 따위가 신전에 들어왔다는 것 자체가 고마운 일이다. 그것은 맞다. 하지만 불경스러운 것은 아니었다.

오델라 교단의 주신께서는 만인을 사랑하라고 하지 않았던가.

주신을 모시는 신관들이나 성기사들이 자신들을 이렇게 멸시하면 안 되는 것이다.

하긴 언제 신관들이 하층민들을 상대한 적이 있었던가. 돈이 없으면 신의 은총도 내려주지 않는 족속이니까.

용병들은 고개를 숙인 채 꾸역꾸역 식사를 했다. 너무 분해

서 눈물이라도 떨어질 것 같지만 억지로 솟구치는 분을 참았
다.

"염병하고 자빠졌네. 신관이라는 자들이 쥐새끼처럼 뒤에
서 속닥거리고 지랄이야."

신관들을 향한 신랄한 독설이 식당 안에 퍼졌다.

식사를 하던 모든 신관과 성기사가 거짓말처럼 움직임을 멈
췄다.

거짓말처럼 멈춘 것은 그들뿐만이 아니었다. 용병들 역시
식사를 그대로 멈췄다. 하마터면 심장이 튀어나와 식판 위에
떨어질 뻔했다.

도대체 누가?

용병들은 고개를 돌려 독설을 내뿜은 자를 바라봤다. 보통
은 함께 식사를 하지 않던 씽이 그들의 옆에 서 있었다.

"어떤 새끼가 감히 우리에게 그딴 소리를 해!"

덩치 큰 성기사 일어나 성난 목소리로 소리쳤다. 그를 따라
다른 성기사들도 몸을 일으켰다. 당장에라도 검을 뽑을 자세
였다.

어떤 위대한 기사도 신전 안에서는 검을 찰 수가 없다. 하지
만 유일하게 그것에 대해서 면죄가 되는 자들이 있었다.

바로 신의 뜻을 받들어 싸우는 신성한 기사.

성기사가 바로 그들이었다. 그렇기에 보통의 기사들보다 자
부심이 훨씬 컸다.

식당 안에 있는 모든 이들의 시선이 용병들과 그 옆에 있는

씽에게 쏠렸다. 먹던 밥을 토할 것 같은 현기증을 느끼는 용병들이었다.

금방이라도 씽이 앞으로 달려 나가 손톱을 뽑고 저들의 목을 자를 것만 같았다.

씽은 천천히 고개를 돌려 게론을 바라보며 말했다.

"왜 그런 말을……."

"네? 저요? 뭐가요?"

게론은 영문을 모른 채 손가락으로 자신을 가리켰다.

다른 용병들도 게론을 바라봤다. 식당에 있는 모든 자들 역시 게론을 바라봤다.

모두가 단 한 명만을 바라보고 있는 상황이었다.

게론은…….

뭔가 단단히 잘못되었다는 것을 본능적으로 느꼈다.

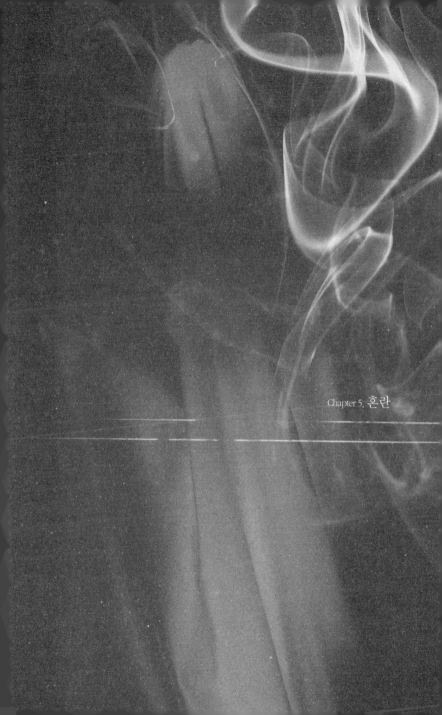

Chapter 5. 혼란

촛불이 일렁이는 어두운 집무실에는 메시나 공작과 노튼 후작이 마주 보고 앉아 있었다.

백발과 허연 수염으로 인해 나이를 짐작하기 어려운 노튼 후작이었다.

푸근한 웃음을 짓고 있어 무척이나 좋은 사람으로 보였다. 그는 황제의 최측근으로 다른 네 명의 후작들과 더불어 제국 오선(五善)으로 불렸다. 물론 제국 오선은 본인들의 입으로 만들어낸 것이다.

다른 귀족들과 제국민들은 노튼 후작과 다른 네 명의 후작을 제국 오악(五惡)으로 불렀다.

권력을 유지하기 위해서는 어떤 짓이든 불사한다. 사람을 죽이는 일 따위는 아무것도 아니었다.

한 예로 제국 오악의 비리를 폭로하려던 한 백작 가문을 반역이라는 누명을 씌워 모조리 참살했다. 백작 가문의 식솔들만 처형한 것이 아니었다.

개돼지까지 모조리, 영지민 전체를 쇠꼬챙이에 박아 죽였다고 전해진다.

그때 죽은 영지민의 숫자가 자그마치 4만 명이 넘는다. 몇 달 동안 영지 하늘 위에는 수천 마리가 넘는 까마귀 떼가 날아다녔다고 한다.

그 외에도 제국 오악의 패악은 넘치고도 흘렀다.

그런 제국 오악의 실질적인 수장인 노튼 후작이 보수파의 우두머리인 메시나 공작과 담화에 나선 것이다.

"후루루룩."

노튼 후작은 앞에 보인 뜨거운 차를 후후 불며 입안으로 넘겼다.

무척이나 여유가 넘쳐흐르는 행동이었다.

"존경받는 메시나 공작께서 저 같은 뒷방 늙은이를 왜 보자고 하셨소?"

찻잔을 느릿하게 내려놓은 노튼 후작이 먼저 입을 열었다.

"근래 들어 일어나는 일 때문이오."

"근래 일어나는 일이라……."

노튼 후작은 짐짓 무슨 말인지 모르는 척 말을 끝내지 않았다.

그런 노튼 후작을 보며 메시나 공작은 쓴웃음을 지었다. 역시 너구리 같은 영감이었다.

　제국의 황제를 숨겨놓고 무소불위의 권력을 휘두르는 그였다.

　제국 최고의 정보기관 역시 그의 손안에 있었다. 지금 벌어지고 있는 일이 무엇인지 모를 리가 없었다.

　'나 먼저 패를 꺼내보라 이건가.'

　역시 이 영감 앞에서는 냉정을 유지하기가 어려웠다. 메시나 공작은 입술을 뒤틀며 말했다.

　"개혁파와 저희의 사이가 매우 좋지 않소이다. 그들의 공세로 인해 벌써 저희 쪽 몇몇 귀족이 당했소."

　"호, 그래요? 제국을 빛낼 유능한 귀족들을 그리 잃어서는 안 될 터인데. 어쩌다 그렇게 됐소?"

　끝까지 모른 척이다.

　"처음에는 하위 귀족들의 다툼인 줄 알았소. 그거야 자주 있는 일이지만. 한데 언제부터인가 싸움이 너무 커진 것이오. 그리고 얼마 전 개혁파의 중심인물 중 한 명이라 할 수 있는 콜로스 자작의 일가가 모조리 참살되었소. 그리고 격분한 놈들은 우리에게 선전포고를 했소이다."

　"저런저런."

　노튼 후작은 안타깝다는 듯이 혀를 찼다.

　"하지만 내 수하 중에서는 그런 사람이 없소. 무슨 말인지 알겠소?"

"누군가 끼어들었다는 말입니까?"

"당연히."

"그것이 개혁파라고 의심하고 있소이까?"

"심증은 그렇소."

"허허, 너무 허무맹랑한 소리입니다. 콜로스 자작은 아모스 공작의 두터운 신임을 받고 있소이다. 곧 백작으로 승급할 것이란 소문도 파다했소. 그런 자를 쳐 냈다고요?"

"명분을 만들기 위해서라면."

솔직히 말해 아모스 공작이 그런 짓까지 할 것이라고는 생각하지 않는다.

미움을 받는 수하도 아니고 한 팔처럼 아꼈던 콜로스 자작이 아니던가.

콜로스 자작의 인망은 여느 백작가를 훨씬 뛰어넘었다. 그만큼 가치가 있는 인물이었다.

"너무 앞서 나간 것 같습니다."

"그러니……."

메시나 공작이 고개를 앞으로 숙이며 말소리를 줄였다.

"알아봐 달라는 것 아니겠소."

"허허, 뒷방 노인인 제가 무슨 힘이 있다고."

"노튼 후작도 아실 텐데. 지금 상황이 매우 급박하게 돌아가고 있다는 것을. 만약 개혁파와 보수파의 내전이라도 발생하면 어떻게 될 것 같소?"

메시나 공작은 '아무리 제국 오선이라고 불리는 당신이라도 자리를 보전할 수 있을 것 같소? 라는 뒷말을 생략했다.

노련한 노튼 후작이 그것을 모를 리가 없었다.

제국에 속한 8할에 달하는 귀족들이 개혁파와 보수파로 나눠져 있었다. 나머지 1할은 중도였고 그 나머지가 제국 오악의 무리였다.

아무리 정보기관을 손에 넣고 흔드는 노튼 후작이라고 하더라도 개혁파와 보수파의 무력 앞에서는 조족지혈에 불과했다.

다시 말해서 내전이 벌어진다는 말은 황권이 바뀔 가능성이 매우 높다는 말과도 같았다.

황권이 바뀌면 제국 전체에 피바람이 분다. 반대파의 2할 이상이 숙청을 당할 것이고 눈엣가시였던 제국 오악의 결말은 보지 않아도 뻔했다.

"무슨 얘기인지는 잘 알겠소. 내전은 제국을 위해서라도 막아야 하지요. 하지만 말이오······."

노튼 후작은 눈을 슬쩍 치켜뜨며 양쪽 입술 끝을 올렸다. 묘하게 기분이 나쁜 웃음이었다.

"진상 조사를 메시나 공작에게만 부탁받은 것이 아니라서 말이오."

젠장, 믿는 구석이 있었구나.

상황이 빠르게 역전되었다.

메시나 공작은 앞에서 능글거리며 웃고 있는 노튼 후작의 얼굴에 침이라도 뱉고 싶었다. 놈은 지금 양손에 떡을 쥐고 저울로 재고 있었다.

개혁파와 보수파의 세력은 대동소이하다. 중도파는 죽었다 깨어나도 어느 편에 붙지 않을 것이다.

하지만 제국 오악이 가진 세력은 그렇지 않았다. 비록 1할이지만 그들이 어느 쪽에 붙느냐에 따라서 제국의 판도는 크게 흔들리고 만다.

지금 놈은 자신이 보수파에 붙으면 무엇을 내놓을 것이냐고 협상을 벌이고 있었다.

비록 1할의 힘이지만 지금은 제국의 판도를 좌지우지할 만큼이나 거대했다.

"우리 가문은 말이오. 제국의 시조 때부터 충성을 다했소. 제국을 위해서 존재했단 말이오. 제국을 위해서라면 무엇이든 하오. 그래, 단도직입적으로 묻겠소. 무엇이 되고 싶으시오?"

제국을 위해서라면 황권이라도 교체할 수가 있다는 말.

삼족을 멸한다고 하더라도 감내해야 할 만큼 무시무시한 단어가 아닐 수 없었다.

만약 노튼 후작이 이 사실을 개혁파에 가서 전한다면 그다음 날 모든 보수파의 귀족들은 반역도로 몰려 씨가 마르고 말 것이다.

하지만 노튼 후작이 그 말을 상대편 진영에 가서 전할 것이라 여기지 않았다.

노튼 후작의 꿈은 훨씬 더 먼 곳에 있음을 알기에. 그의 욕망은 겨우 후작에서 끝나지 않음을 예전부터 느끼고 있었기에.

노튼 후작은 입술이 지금까지와는 다르게 변했다. 진심으로 웃고 있는 표정이었다. 그는 옷매를 단정히 하며 자리에서 일어났다.

"상황은 메시나 공작 각하의 뜻대로 흘러갈 것입니다."

됐다.

메시나 공작은 탁자 밑에 있는 주먹을 불끈 쥐었다. 그는 엷게 웃으며 말했다.

"좋은 소식 기다리고 있겠습니다."

"기대하셔도 좋을 겁니다. 나오지 마시지요. 바람이 찹니다."

노튼 후작이 문고리를 잡았다. 그는 뭔가 잊었다는 듯이 고개를 돌려 메시나 공작을 바라봤다.

"아참, 신전으로 스며든 쥐새끼들 때문에 심기가 불편하지요?"

역시나 놈이 쥐고 있는 정보망은 보수파의 정보망보다 훨씬 우수하다. 그것까지 알고 있을 줄이야.

"같이 한 배를 타게 됐으니 작은 선물을 하나 하지요. 손톱 끝에 박힌 그 불편한 가시, 제가 빼드리지요."

메시나 공작은 빙그레 미소를 지으며 말했다.

"한 손 거들겠소. 그들을 보고 싶어 하는 수하가 있어서 말이오."

*   *   *

식당에 있던 모든 사람의 입이 다물어졌다. 조금 전까지 듣기 싫은 욕설이 난무하던 식당이었다. 하지만 지금은 아무도 입을 열지 않았다.

누군가 '입 다물지 못해!' 라고 말을 한 것도 아니었다.

그저 조금 전 벌어진 일이 믿기지 않을 뿐이었다.

성기사 젠.

신을 모시는 성기사답지 않게 성격이 과격하고 불의를 보면 못 참는 성격이다. 덩치 또한 상당히 크고 홀리(Holy) 에너지, 즉 신성력은 어지간한 신관들보다 앞선다는 평가를 받는다.

특히 강(强)의 신성력은 다른 성기사들보다 월등히 앞섰다.

그런 젠이 겉으로 보기에도 허접한 용병에게 딱 한 대를 맞고 널브러졌다.

쓰러진 그는 믿지 못하겠다는 듯이 두 눈을 멀뚱멀뚱하게 뜨고 게론을 바라봤다.

"이익, 이 새끼가!"

젠이 벌떡 일어났다. 흥분한 그의 몸에서 강의 신성력이 흘러나왔다.

겉으로 보기에도 영험한 빛.

하지만 그 힘은 사용하는 자에 따라 죽음을 줄 수도 있었고 삶을 줄 수도 있었다.

"팔다리 하나를 뭉개뜨려 주마!"

젠은 게론에게 사납게 덤벼들었다. 온몸에 강의 신성력을 휘감은 상태였다.

전체적인 근력이 2배 이상 강화되었다. 주먹으로만 두꺼운 벽돌을 깨부술 수도 있었다. 인간의 몸이라면 수수깡처럼 부러지고 말 것이다.

게론도 자신이 위험한 상태임을 인지했다. 저자의 신성력이 결코 평범하지 않다는 것도.

하지만 결코 물러서지 않을 것이다. 차라리 죽으면 죽었지 누구에게도 물러서고 싶은 생각이 없었다.

게론은 자세를 잡았다.

수천 번을 연습한 정권 자세를 취했다. 씽이 가르쳐 준 구결이 머릿속에서 떠올랐다.

"정권은 모든 주먹질의 기초다. 무술의 발단이기도 하지. 가장 정확하고 강한 정권은 강철도 꿰뚫는다."

게론은 씽을 믿는다.

방금 전의 일격으로 그것이 증명되지 않았던가. 지금까지 힘들게 훈련해 왔던 정권으로 성기사를 한 방에 쓰러뜨렸다. 이번에도 제대로만 맞추면 저자를 쓰러뜨리리라 믿어 의심치 않았다.

게론이 맞설 자세를 취하자 젠의 눈에서 살기가 피어올랐다.

신전에서는 살인이 허용되지는 않지만 성기사가 행한 일이라면 팔다리 하나쯤은 부러뜨려도 용서를 받는다.

그는 용병의 양팔과 다리를 모조리 부러뜨릴 생각이었다. 살기와 함께 주먹에 깃든 강의 신성력이 더욱 강해졌다.

"이것 참, 너무하는군."

그때였다.

갑자기 씽이 게론과 젠의 사이로 끼어들어 손바닥을 폈다.

퍼엉!

젠의 주먹이 씽의 손바닥에 잡혔다.

젠은 물론 다른 성기사들도 믿을 수 없다는 표정을 지었다.

강의 신성력을 휘감은 젠의 주먹은 해머와도 같았다.

무지막지한 힘을 가진 해머의 힘을 은발의 사내가 맨손으로 잡아낸 것이다.

더욱 놀라운 것은 은발의 사내는 어떤 힘도 사용하지 않고 오로지 손바닥의 힘만으로 젠의 주먹을 견뎌냈다.

"이익, 이 벌레 같은 것들이!"

젠은 씽에게 잡힌 손을 빼내려고 했다.

하지만 손은 꼼짝도 하지 않았다. 아무리 힘을 줘도 마찬가지였다.

"이봐 당신, 당신 성기사라면서."

"크흑, 그래. 내가 바로 성기사 젠이다. 성기사라니까 이제 겁이 나냐! 내가 용서해 줄 것이라고 생각하나. 어림 반 푼어치도 없는 소리다. 당장 무릎을 꿇고 용서를 빌어라. 그럼 팔한 쪽만으로 용서를 해주마."

젠은 서슬이 퍼렇게 외쳤다.

씽은 피식 웃었다.

"웃어?"

"야."

씽은 젠의 두 눈을 똑바로 쳐다봤다. 젠의 손을 잡은 그의
손에 점점 힘이 가해졌다.

우드드득.

주먹이 통째로 으스러진다.

"으으으윽."

엄청난 고통.

젠은 어금니를 물고 억지로 고통을 참아냈다. 주먹을 펴보
려고 했지만 어림도 없었다.

우드드드득.

이대로 가다간 젠의 주먹은 뼈째로 가루가 되고 만다.

"너, 너 이 새끼. 죽여 버릴 테다."

"그럴까? 죽어줄까? 어떻게 죽일 건데."

씽의 두 눈동자와 마주친 젠은 등줄기에서 오싹함을 느꼈
다.

아니, 그것보다 훨씬 큰 두려움이었다. 자신도 마른침이 넘
어갔다. 온몸의 솜털이 곤두서는 느낌이었다.

알 수 없는 위화감.

젠은 위화감의 정체를 알았다.

자신을 향해서 거대한 호랑이가 아가리를 벌리고 있는 것이

아닌가.

분명 눈앞에 있는 은발의 상대는 여자만큼이나 고운 얼굴을 하고 있었지만 뿜어내는 기이한 압박감은 인간의 것으로 보이지가 않았다.

"으아아아악!"

고통과 압박감을 이기지 못한 젠의 입에서 비명이 터졌다.

순간 씽은 손을 놓았다.

젠은 뒤로 넘어지며 엉덩방아를 찧었다.

성기사로서 무척이나 치욕적인 자세였지만 젠은 그것을 인지하지도 못했다.

덜덜덜덜.

사지를 부들부들 떨었다.

씽은 그런 젠을 서늘한 웃음으로 쳐다보고 있었다.

씽은 용병들을 데리고 숙소로 데리고 왔다. 용병들의 표정은 꽤나 밝았다.

그렇지 않아도 식당에 갈 때마다 심한 스트레스를 받았던 그들이었다.

하지만 곤과 씽에게 불이익이 돌아갈 것을 염려해 분함을 속으로 삼켰던 그들이었다.

그것을 지금 씽이 속 시원하게 갚아준 것이다.

"아까 봤냐, 성기사들 표정? 마치 귀신을 본 듯하더라."

"큭큭, 정말 속이 뻥 뚫린 것 같다. 그 자식들 우리를 보고 거지라고 계속 놀려대더니. 꼴좋다."

용병들의 표정이 밝았다.

"웃기고 앉아 있네. 모두 머리 박아."

씽의 딱딱한 음성이 들렸다. 그의 목소리는 저승사자와도 같았다.

그동안 눈치가 무척이나 빨라진 용병들을 서로의 얼굴을 볼 필요도 없이 흙바닥에 머리를 박았다.

"좋아? 좋냐?"

"아닙니다!"

용병들을 머리를 바닥에 박은 채 큰 소리로 대답했다.

"아주 가관들이더라. 그 자식들이 아주 대놓고 깔보는데 식판에 머리 박고 꾸역꾸역 음식들 처먹는 꼴들이란."

모두 부단장과 씽을 위해서였습니다, 이란 말이 목구멍에서 맴돌았지만 입 밖으로 내뱉지는 않았다.

씽이 원하지 않는 대답이라는 것은 그동안의 경험으로 충분히 알고 있었다.

"그래도 성기사 놈에게 물러서지 않고 맞선 것은 나쁘지 않았다."

게론을 얘기한 것이다.

그는 식탁 위를 밟고 덤벼드는 성기사의 명치에 제대로 된 정권 한 방을 날려 버렸다.

성기사는 우스꽝스러운 모습으로 나자빠졌다. 그 모습이 얼마나 통쾌하던지.

"머리 박은 채 들어라. 우선 너희들이 의문시했던 훈련의 의미를 알겠나?"

용병들은 깜짝 놀랐다.

설마 자신들끼리 조곤조곤 얘기했던 것을 씽이 알고 있다고는 상상도 하지 못했던 것이다.

"알겠나?"

"알겠습니다."

"너희들이 배운 정권은 도수도에서 가장 기초에 속한다. 형님께서 말씀하시길 도수도를 극한까지 익히면 설사 상대가 마나를 자유자재로 사용하는 기사라고 하더라도 절대 쉽게 지지 않는다고 하였다. 아니, 정정하겠다. 쉽게 이긴다. 그게 바로 도수도다. 알겠나?"

"알겠습니다."

"내가 바라는 것은 하나다. 어디 가서 쫄지 마라. 어디 가서 맞지 마라. 쉽지 않다고? 아니, 마나가 없으면 기술로, 기술이 없으면 체력으로, 체력이 없으면 깡으로 버텨라. 장담하지. 깡 하나만 가져도 너희는 어중간한 실력을 가진 자보다 훨씬 강해진다. 알겠나!"

"알겠습니다!"

"다시 말하지. 다신 어디 가서 쫄지 마라. 만약 어디 가서 그런 모습을 보인다면 이 길로 고향으로 돌아가 발 닦고 농사나 짓도록."

"예, 쫄지 않겠습니다!"

"좋아, 일어나서 오후 훈련 준비해."

씽의 말에 용병들을 재빨리 일어나 공터로 자리를 옮겼다. 오후에는 또 다른 훈련이 준비되어 있었다. 씽은 곤이 지하실 문을 박차고 나올 때까지 반드시 용병들이 강해지게 할 생각이었다.

"휘유, 대단한데요?"

씽의 뒤에서 아름다운 여성의 목소리가 들렸다. 씽은 보통 사람들보다 훨씬 예민하다.

냄새에 예민하고 소리에도 예민하다.

또한 한 번 기억한 인간의 체취는 절대로 잊어버리지 않았다.

에리카.

곤을 빼고 어지간해서는 상대방에게 주눅이 드는 적이 없던 씽조차도 함부로 할 수 없는 여자였다. 강하고 약하고의 차이가 아니었다.

그녀에게는 함부로 할 수 없는 기묘한 아우라가 있었다.

"오셨습니까?"

씽은 에리카에게 살짝 고개를 숙였다.

"네, 후후."

에리카는 잘빠진 미녀가 아니다. 성년이 되기 전의 풋풋함을 간직한 소녀에 가까웠다. 맑은 눈빛에는 약간의 장난기도 섞여 있었다.

처음 봤을 때 느꼈던 성스러운 감정과는 조금 다른 느낌이었다.

"무슨 일로 웃으시는지."

"아까."

"아까요?"

"네, 아까 재미난 퍼포먼스 잘 봤어요."

"아, 네."

그녀가 말한 퍼포먼스란 식당에서 벌어진 일을 말하는 것이다. 하지만 그녀를 보호하는 성기사가 큰 망신을 당한 일이라 기분이 나쁠 텐데 저리 재미나게 웃는 것이 조금 이상했다.

"제가 이상한가요?"

볼에 사과와 같은 홍조를 띤 에리카가 물었다.

아직도 눈가에 비친 장난기는 없어지지 않았다. 그녀는 씽에 대해서 호기심을 느끼는 모양이었다.

"조금……."

"음, 그러니까 성기사에게 그렇게 큰 망신을 줬는데 나는 왜 즐겁냐는 것이죠?"

과연 상급 수녀라고 해야 할까. 아니면 독심술을 알고 있는 것일까.

표정에도 드러나지 않았고 말로 꺼내지도 않았는데 에리카는 정확하게 씽의 의중을 알아맞혔다.

"그야… 그들은 저를 보호하는 것이 아니니까요."

"그게 무슨 소리신지."

"그들은 돈이 되는 저라는 물건을 보호하는 것이지, 저라는 사람을 보호하는 것이 아니라고요. 당연히 제가 그들에게 좋은 감정을 가질 리가 없죠."

성녀라고까지 칭송을 받는 그녀가 할 소리가 아니었다. 더군다나 자신에게 할 말은 더더욱 아니었다.

만약 그가 다른 곳에서 그녀가 한 말을 전한다면 어찌 될 것인가.

엄청난 파장을 몰고 올 것은 보지 않아도 빤했다.

"저는요, 다른 것은 몰라도 사람 보는 눈은 있다고 자부해요. 음, 아마도 신탁을 받는 몸이기 때문인지도 모르죠. 상대가 어떤 마음을 가지고 있는지, 선한지 악한지. 나에게 호감을 품고 있는지, 악의를 가지고 있는지 정도는 분간하죠. 당신은요, 굉장히 중립적인 사람이에요. 음, 어쩐지 사람의 느낌은 들지 않지만 겉으로 보기에는 사람이니깐 뭐."

굉장한 여자다.

단 몇 마디로 씽의 입장까지 처리해 버렸다. 역시 이 여자는 만만치 않다.

"그리고 저는 곤을 절대적으로 믿어요. 세상에 그만큼 의지가 강한 사람을 본 적이 없죠. 뭐, 보아하니 그동안 저에 대해서 잊은 것 같아 조금 서운한 마음이 들기는 하지만. 어쨌든 그런 곤이 가장 믿을 수 있는 사람이 당신이고. 당신은 곤을 절대로 배신할 사람이 아니죠. 그러니까 이런 위험한 말을 편하게 할 수 있는 거예요."

에리카가 말을 이었다.

씽은 대답할 말이 없었다. 더 이상 대화하기가 부담스러웠다.

"아무리 그래도 저에게 할 말은 아닌 듯싶습니다. 형님과 직접 대화를 하시는 것이……."

"후후, 그럼 그럴까요? 곤은 어디에 있나요?"

"아, 형님은 지금 자리에 안 계십니다."

"어디에 가셨나요? 꼭 만나서 얘기를 하고 싶은데."

"저번에 에리카 님께서 자리를 마련해 주신 지하실에 계십니다."

"지금은 만날 수 없단 말이죠?"

"네, 하지만 오래 걸리지는 않으실 겁니다. 곧 나올 테니까요."

에리카는 고운 미간을 찡그렸다. 꼭 그를 만나서 할 말이 있었다.

한동안 없던 신탁이 어젯밤 그녀에게 나타났다. 신의 음성이 그녀의 의식 속으로 찾아든 것이다. 신께서는 그녀에게 말했다.

[세상의 파멸과 조화의 열쇠를 함께 가지고 있는 자. 그와 함께하라.]

잠에서 깨어났을 때 그녀는 그것이 무엇을 의미하는지 알 수가 없었다.

세상의 파멸과 조화의 열쇠를 가지고 있는 자라. 또한 어떤 종족을 지칭한 말도 아니었다.

분명 신께서는 '그'라고 지칭하였다. 에리카는 곰곰이 생각해 보았다.

그녀의 주변에 '세상의 파멸과 조화의 열쇠를 가지고 있는 자'라고 칭할 수 있는 사람이 있을까?

신께 맹세하지만 결단코 그런 사람을 보지 못했다. 교단 자체가 썩어 있는 상태였다. 흑마법의 일종이라 불리는 키메라를 제조하기도 했다.

다행히 본단의 마수는 제국까지 미치지는 못했다. 아무리 교단의 힘이 강력하다고 하더라도 대륙 최강의 무력을 가지고 있는 제국에까지 키메라를 보내지는 못할 테니까.

하지만 제국의 수도 카르텔에 위치한 3교단 역시 멀쩡한 것은 아니었다.

이곳의 신관들은 권력이라는 욕망에 타락했다. 그들은 제국의 귀족들에게 연줄을 대기 위해 눈이 벌겋게 변해 있었다. 그런 그들에게 있어 에리카는 더할 나위 없이 이용하기 좋은 물건이었다.

만약 이용 가치가 없어지면 3교단의 신관들은 가차 없이 에리카를 버릴 것이다.

그렇기에 에리카는 항상 불안한 마음을 가지고 살았다. 마음 깊은 곳에서부터 곤을 간절히 바라고 있었는지 모른다. 그 사람이라면 나를 이 지옥에서 구해줄지 모른다고.

그녀는 신탁이 곤을 가리키고 있다고 믿었다. 다른 사람은 상상할 수가 없었다.

상상하기도 싫었다.

"기다려도 만날 수 없을까요?"

평상시의 에리카였다면 절대 이런 말을 하지 않았을 것이다.

신도들이 보기에 그녀는 언제나 성스러워야 했고 고귀해야 했다. 말 한마디, 행동 하나에도 항상 신중해야 했다. 그렇지 않으면 3교단을 지배하고 있는 상급 신관들은 그녀를 용서하지 않을 것이다.

"죄송하지만 형님께서는 중요한 일을 하고 계십니다. 지금은 저뿐만 아니라 누구도 만날 수 없습니다."

씽은 단호하게 말했다.

그의 성격으로 보아 절대로 앞을 열어주지 않을 것을 아는 에리카였지만 자리에서 한참이나 머뭇거렸다.

그녀는 점점 욕망의 회오리에 삼켜지고 있는 이 도시에 환멸을 느꼈다.

숨을 쉴 곳이 필요했다.

그녀의 안식처는 곤이었다.

하여 안 된다는 것을 알면서도 계속해서 자리에 서성거리는지도 몰랐다.

"후, 알았어요. 하지만 곤이 나오면 꼭 연락을 주세요. 꼭이에요."

"알았습니다. 가장 먼저 에리카 님을 찾아뵈라고 말씀드리겠습니다."

"고마워요."

그녀는 떨어지지 않는 발걸음을 돌려 거처로 돌아갔다. 그녀의 뒷모습을 보고 있던 씽은 뭔가 알 수 없는 불길함을 느꼈다. 어쩌면 신전 위로 타오르고 있는 붉은 기운 때문인지도 몰랐다.

*   *   *

신전에도 밤이 찾아왔다.

곳곳에 햇불이 켜졌고 신관들이 야간 기도를 올리기 위해 바삐 신전으로 걸음을 옮겼다. 야간 기도도 끝이 나자 신전의 거대한 문이 굳게 닫혔다.

신전의 문이 닫히면 자동적으로 신성력이 발동하여 외부의 침입을 막는다. 외부에서 들어갈 수 있는 길이 원천적으로 차단됐다. 누군가 침입을 하면 신전 전체에 매우 시끄러운 소리가 울려댄다.

강대한 마법을 가졌다고 하더라도 상급 신관이 아니라면 그것을 해제할 방법이 없었다.

고요함과 정적만이 신전을 지배한다.

신전은 불가침의 신성한 곳.

문이 닫히면 누구도 침범을 해서는 안 된다. 그것은 교단이 생기고 난 후 수천 년이 지나도록 철저하게 지켜졌다.

겉으로 드러난 것은 그러하다.

그러나 아무리 신을 받드는 신전이라고 하더라도 계율을 어기는 자들은 반드시 존재했다.

저벅저벅.

한 신관이 주위를 살피며 신전의 뒷문을 향해 빠르게 걸었다.

이마에서 땀방울이 흘렀고 눈동자는 좌우로 흔들렸다.

그는 떨리는 손으로 조심스럽게 신전의 뒷문이 열렸다.

야간에 드나드는 몇몇 신관들을 위해 만들어놓은 쪽문이었다.

끼이이익—

문이 열리자 다섯 명의 사내가 검은 무복을 입고 서 있었다.

눈빛이 서리가 내린 것처럼 차가운 자들이었다.

신관은 그들이 들어올 수 있게 자리를 비켜줬다. 사내들이 들어오며 신관의 손에 금화가 든 동전 주머니를 건넸다. 신관은 동전 주머니를 품 안에 넣고는 조용히 문을 닫고 자리에서 떠났다.

신전 안에서는 신성력이 발동하지 않는다. 사내들의 능력이라면 신관들의 눈을 피해 얼마든지 자유롭게 운신할 수가 있었다.

선두에 선 사내가 손가락으로 한 번씩 양쪽을 가리키자 다른 사내들이 두 명씩 조를 짜서 양쪽으로 흩어졌다.

잠시 후 중앙 신전 부속 건물에서 불길이 솟구쳤다. 식당과 창고였다.

"불이야! 불이다! 어서 불을 꺼라!"

놀란 신관과 성기사들이 속옷만 입고 뛰어나와 우물로 뛰어갔다. 아무리 신성력이 충만한 곳이라지만 신성력으로 불을 끌 수는 없었다.

인간의 힘으로 불을 끌 수 있는 자들은 오직 마법사들뿐이었다.

그들은 우물에서 퍼온 물을 건물에 퍼부었지만 불은 쉽사리 꺼지지 않았다.

"티로스 님, 됐습니다."

흩어졌던 검은 무복의 사내들이 다가와 우두머리에게 보고했다.

검은 무복의 사내들을 이끌고 있던 자는 다름 아닌 곤을 위기에 몰아넣었던 마법사 티로스였다.

그는 곤을 잡지 못해 메시나 공작에게 큰 질책을 받았다. 다음 명령이 있을 때까지 얼굴을 보이지 말라는 굴욕적인 말과 함께.

티로스는 마음에 큰 상처를 얻었다. 당시를 떠올리며 성녀가 나타났다고 하더라도 그냥 놈을 잡았어야 하지 않았나 생각했다.

하지만 이미 지난 일.

후회한들 소용이 없었다.

메시나 공작에게는 인재가 차고 넘쳤다. 한 번 눈 밖에 나면 다시는 찾지 않는 것이 메시나 공작이었다.

티로스는 모든 것이 끝났다고 생각하며 술로 나날을 지새웠다.

하지만 예상과는 다르게 메시나 공작은 그를 다시 한 번 불렀다.

기회를 한 번 더 준 것이다.

티로스는 목숨을 걸고 이번 임무를 완수하겠다고 하며 메시나 공작 앞에 무릎을 꿇었다.

비록 신전에 침투하여 암살을 하는 일이라고 하더라도.

"좋아, 간다."

티로스는 앞서 뛰어갔다. 사내들이 그의 뒤를 쫓는다.

놀랍게도 뛰어가는 그들의 발자국 소리가 하나도 들리지 않았다.

아니, 그들의 모습조차 잘 보이지 않는다. 그만큼 그들의 움직임은 은밀했다.

그들이 도착한 곳은 신전에서 상당한 거리에 떨어져 있는 허름한 건물이었다.

언뜻 보기에는 창고로도 보였다.

"이곳인가?"

티로스가 물었다.

"아닙니다. 이곳은 용병들이 기거하는 곳입니다."

"그럼?"

"저곳입니다."

허름한 건물과 멀리 떨어지지 않은 곳에 작은 창고가 있었다. 금방이라도 넘어질 것 같은 건물이었다. 건물로 보기에도 애매했다.

"저곳에 그놈이 있다고?"

"정보에 의하면 그렇다고 합니다. 곤이란 자는 이곳에 온 이후로 저 지하실에 틀어박혀 나오지 않는다고 하였습니다."

"지하실에 틀어박혔다라."

티로스는 마법사다.

하여 마법사의 생리를 잘 알고 있었다. 아마도 마법의 서클을 높이기 위해서나 마법 연구를 하기 위해 지하실에 틀어박혔을 확률이 높았다. 그렇다면 훨씬 쉽게 놈을 잡을 수 있으리라.

"사일런트!"

티로스는 모두에게 음소거 마법을 걸었다. 그들이 상대의 코앞까지 다가가 북을 친다고 하더라도 걸리지 않을 자신이 있었다.

그럼에도 검은 무복의 사내들은 조심스럽게 움직였다. 소심한 성격이 아니다.

본래 그렇게 훈련을 받은 자들이었다. 이들은 노튼 후작이 지원해준 자들로서 기사이면서도 암살에 무척이나 능한 자들이었다.

믿을 수는 없지만 쓸 만한 자들이다.

그들은 이번 임무가 끝날 때까지 티로스의 수족처럼 움직일 것이라 하였다.

끼이익—

문을 열자 녹슨 이음새에서 심한 소음이 났다. 음소거 마법이 아니었다면 용병들이 자고 있는 건물까지 들렸을 것이다.

건물 안은 쓸모없는 물건들로 가득했다. 본래 창고로 쓰던 곳이 분명했다.

"이 밑입니다."

사내가 지하실로 통하는 문을 가리켰다. 티로스는 마나를 일으켜 안쪽의 기운을 살폈다. 약하게 곤의 기운이 느껴졌다. 혼자 있는 것이 확실했다.

놈은 독 안에 든 쥐였다.

"돌입한다."

"옛."

검은 무복의 사내들이 검을 빼들고 지하실로 통하는 문을 열었다. 그러고는 재빠르게 안쪽으로 들어갔다. 순식간에 상대를 처리할 생각이었다.

하지만 그들은 예상외의 상황에 직면했다.

Chapter 6. 식신의 밤

곤과 펑펑은 수련을 멈췄다.

수련은 꽤 성과가 있었다. 서로가 만족할 만한 수준까지 올라왔다.

특히 둘의 합격술은 씽과도 견줄 만큼 뛰어났다.

하지만 약점이 없는 것은 아니었다. 적이 정령을 소환하여 펑펑과 맞상대를 하게 된다면 그녀의 능력은 무용지물이 되어 버린다. 또한 정령을 살해할 수 있는 자가 나타나도 마찬가지였다.

펑펑의 능력이 뛰어난 것은 인간의 눈에 보이지 않기 때문이다. 하지만 그녀의 전투 능력 자체는 매우 낮았다. 그녀를 볼 수 있는 상대가 있다면 아예 소환을 하지 않는 편이 나았다.

그것만 조심한다면 둘의 합격술은 엄청난 위력을 발휘하게 될 것이다.

그녀와 함께라면 곤은 어느 누구에게도 지지 않을 것만 같은 기분이 들었다.

"드디어 오늘이지?"

펑펑이 곤에게 물었다.

"응."

식신을 강림시키기 위한 술법은 보름이 걸린다. 또한 식신을 강림시키기 위해서 가장 중요한 것 중에 하나는 음기가 절정에 달하는 순간을 잘 맞춰야 한다는 것이다.

그것이 바로 만월.

부서진 달이 금방이라도 머리 위로 떨어질 것 같은 때를 말한다. 만월이 뜨면 세상의 모든 악령과 몬스터들이 흥분을 가라앉히지 못하고 미쳐 날뛴다.

그들의 힘이 비약적으로 상승하기 때문이었다.

식신은 음기에서 다시 태어나는 존재. 인간과는 생을 완전히 달리했다.

어둠에서 태어나고 절망과 공포를 먹고 살아가야만 하는 존재가 바로 식신이었다.

종종 곤은 죽은 그들을 되살리는 것이 잘하는 일인가 고민을 하기도 했다.

어쩌면 그들은 살아 있는 생명을 증오하는 괴물로 다시 태어날지도 몰랐다.

곤은 그 모든 것을 감수했다. 그들에게 제대로 된 마지막 생을 다시 한 번 주기 위해서.

"흠, 음기가 강해지고 있어, 주인."

지하실 내부에서도 느낄 정도의 음기. 만월이 떴다는 소리였다.

"그래, 곧 시작되겠군."

머릿속만으로 알고 있는 식신을 강림시키는 이론. 한 번도 행한 적이 없었다. 그렇기에 성공 확률보다는 실패할 확률이 높았다.

어떤 식으로 그들이 깨어날지 짐작도 할 수가 없었다.

식신은 언데드 계열에서 하급에 속하는 원령이다. 대체로 사람들은 그렇게 생각한다. 하지만 다른 언데드와는 확연하게 다른 특징이 하나 있었다.

바로 주인의 능력에 따라 식신의 능력이 레벨업된다는 것.

사부인 크레타스와 말린의 가르침 중 하나가 식신을 제대로 활용하면 일개 기사단도 능히 전멸시킬 수 있다고 한 것이다.

정말로 전투력이 그러하면 하급의 언데드가 아니라 최상위의 언데드인 뱀파이어나 리치와도 가히 자웅을 겨룰 수 있으리라.

두두두두—

지하실 전체가 흔들려 천장에서 흙먼지가 곤의 머리 위로 떨어졌다. 곤은 머리를 털어내고는 용병들의 시체에게서 조금 떨어졌다.

쉬이이이이이이익—

지하실을 가득 메우고 있던 독 수증기가 시체들의 몸으로 흡수되었다.

반쯤 썩었던 그들의 육체가 급격히 되살아난다. 옅은 녹색의 피부가 돋고 혈색이 돌아왔다.

입술은 소름이 끼치도록 붉었다.

사과? 앵두? 아니, 피의 색이다.

두근두근.

심장이 뛰는 것이 확실히 보인다.

그동안 저들의 심장을 뛰게 하기 위해 곤은 매일같이 모든 내공을 쏟아 부었다. 고되고 지루한 과정의 결과가 지금 나타나고 있었다.

끼에에에에엑!

천장의 틈으로 혐오스러운 목소리가 들려오더니 이내 수십, 아니, 수백 마리가 넘는 원령이 지하실을 가득 메웠다. 그들은 되살아난 육신을 차지하기 위해서 서로의 목줄기를 물어뜯었다.

"히익, 저, 저게 뭐야, 주인?"

단순한 영혼의 모습이 아니었다. 펑펑도 정령이기에 원령들을 눈으로 확인할 수 있지만 저렇게 처참한 몰골을 한 것은 처음 봤다.

팔다리가 잘린 것은 애교였다. 머리가 부서지고 사타구니가 반으로 쪼개지고 내장을 모두 도려낸 원령들이 대부분이었다.

마치 전쟁터를 왔다는 기분이랄까.

원령들에게는 어떤 목적의식이 없었다. 저들이 내뿜는 기운은 오직 살의!

상대를 죽이고 싶다는 살의뿐이었다.

저런 괴물과 같은 원령이 육체를 가지고 살아난다면 어찌 될까?

역사의 남을 무시무시한 살인마가 되고 말 것이다.

"주인, 어째?"

펑펑은 안타까운 듯 외쳤다.

곤도 마른침이 넘어갔다. 가볍게 쥐고 있는 손바닥에서는 축축하게 땀이 배었다.

보름간의 노력이 물거품이 되는 것은 아쉽지만 그럴 수도 있다고 생각할 수 있었다.

다시 복구만 할 수 있으면 보름의 시간이야 얼마든지 투자할 생각이 있으니까.

하지만 식신의 술법을 실패하는 것은 그런 일차원적인 문제와는 달랐다.

곤과도 꽤 정이 들었던 용병들의 영혼을 잃게 된다는 것이 문제다.

그것은 영원한 죽음.

다시는 볼 수 없다는 뜻.

그들이 살아왔던 발자취는 과거가 되고 사람들의 머릿속에서 점점 망각이 되어 간다는 것을 말했다.

최악의 상황은 그들의 육체를 다른 원령이 차지하는 것이다.

그렇게 되면 곤이 그들의 육체를 파괴해야만 했다.

"제발, 제발 돌아와, 이 멍청이들아!"

펑펑은 작은 양손을 붙잡고 간절히 빌었다. 곤도 말을 하지 않지만 펑펑과 같은 마음이었다.

그들의 소망을 들었기 때문일까.

원령들을 헤치며 세 영혼이 나타났다. 무자비하게 박살이 난 다른 원령들과는 조금 달랐다. 어느 정도 깨끗한 모습을 유지하고 있었다.

곤도 펑펑도 그들이 누군지 쉽게 알아봤다.

마른 체형의 평범한 신장을 가지고 있는 퍼쉬는 홀어머니 밑에서 자란 용병이었다.

비록 신분이 낮은 농노의 신분이었지만 어머니는 그를 바르게 키우고자 무던한 노력을 했다. 하지만 노력만으로 신분의 벽을 깰 수 없는 사회였다.

퍼쉬는 늙어가는 홀어머니를 편하게 모시고자 돈이 된다는 용병에 지원했다. 하지만 특출 난 장기가 없었던 그는 몇 년 동안이나 하급 용병으로 지내야 했다.

결국 절망에 빠져 용병을 그만두려고 했을 때 곤을 만난 것이다.

하나 퍼쉬는 홀어머니를 모시겠다는 뜻을 이루지 못하고 죽고 말았다.

어머니에 대한 애틋한 마음 때문일까.

퍼쉬가 가장 모습을 드러냈다.

다음으로 모습을 드러낸 자는 체일이었다. 상당한 덩치를 가진 그는 어렸을 적부터 찢어지게 가난한 삶을 살았다. 어렵사리 결혼을 하여 두 아들을 낳았다.

용병 중에서 나름 행복한 삶을 살았다고 볼 수 있었다. 그러나 그의 행복을 오래가지 않았다.

영지에 긴 가뭄이 찾아왔고 그의 아내와 자식들을 굶어 죽었다. 가슴에 큰 상처를 입은 체일은 아내와 자식을 묻고 고향을 떠나와 떠돌이 용병이 되었다.

마지막으로 나타난 영혼은 불킨이다.

그는 어렸을 적부터 같이 자랐던, 가장 믿었던 친구에게 배신을 당한 친구였다.

그로 인해 가족이 모두 인체 조각가에게 팔려 갔다.

인체 조각가란 인간의 육신을 마법으로 정지시키고 원하는 대로 육신을 개조시키는 자를 말한다. 심장까지 조각을 당하면 살아 있는 박제가 되고 만다.

그들을 구하기 위해서는 엄청난 돈이 필요했다. 불킨은 돈을 모으기 위해서 용병이 되었다.

그들의 한 맺힌 원한이 그들을 이곳으로 되돌아오게 만든 것이다.

가공할 집념.

용병들의 영혼은 다른 원령들을 물리치고 자신의 본래 몸으로 들어갔다.

"좋았어!"

펑펑이 주먹을 불끈 쥐었다.

이제 마지막 단계다.

절대로 저들을 건드려서는 안 된다.

소리를 내서도 안 된다. 한참이나 본체와 떨어졌던 영혼들이었다. 둘이 다시 하나가 되기 위해서는 고도의 집중력이 필요했다.

곤과 펑펑은 숨을 죽였다. 숨소리도 제대로 내지 않았다.

쌔애애액— 쌔애애액—

숨소리.

제대로 완전체가 되어가고 있다는 소리였다.

이제 곧 저들은 경이로울 정도로 강화된 육체를 얻어 다시 태어나게 된다.

곤이 이곳에서 살아가는 동안은 그들 역시 죽지 않고 살게 될 것이다.

심장박동 소리가 커지고 있다.

손가락 끝이 조금씩 움직였다.

눈꺼풀이 파르르 떨렸다.

근육들이 약동하는 것이 보였다.

식신들이 눈을 떴다.

그때였다.

덜컹!

문이 열리며 검은 무복의 사내들이 난입했다. 그들은 곤을 발견하고는 곧장 달려들었다.

"젠장!"

곤은 분노했다.

10초만, 아니, 5초만 있었어도 식신들은 완벽하게 되살아날 수 있었다.

그런데!

저들로 인해서 뭔가가 뒤틀어졌다. 공기의 흐름이 순간적으로 끊기는 것을 분명히 느꼈다. 식신들에게 뭔가 이상이 생겼다.

"이 자식들."

곤의 눈동자에서 녹색 기운이 떠올랐다.

빠른 속도로 다가오는 검은 무복의 사내들을 향해서 살기를 쏘아냈다. 곤의 살기를 받고도 꿈쩍도 하지 않는다. 보통 놈들이 아니었다.

곤은 손바닥을 폈다.

양쪽 손바닥에서 작은 소용돌이와 불꽃이 생겨났다. 어차피 되살릴 수 없는 식신이라면 망할 저 자식들과 통째로 날려 버릴 생각이었다.

"잠깐 주인."

펑펑이 다급하게 곤을 말렸다.

왜?

펑펑은 식신들을 가리켰다.

퍼쉬와 체일, 불킨이 몸을 일으키고 있었다. 보통 사람들처럼 관절을 이용해서 움직이는 것이 아니었다. 누운 채로 그대로 일어섰다.

기괴한 느낌을 주는 행동이었다.

두 눈을 뜬 식신들의 눈동자는 곤과 같이 녹색의 기운이 번들거렸다.

애초에 독식신으로 만든 그들이다. 힘차게 돌고 있는 심장 또한 독의 기운으로 가득했다.

"카아악."

식신들이 입을 열자 독의 숨결이 뻗어 나왔다. 그들이 누워 있던 탁자가 순식간에 녹아서 사라졌다.

갑자기 몸을 일으킨 식신들로 인해서 곤에게 달려들던 검은 무복의 사내들이 움찔거리며 멈췄다. 그들도 이상한 기운은 감지한 모양이었다.

"카아아악!"

식신들이 검은 무복의 사내들을 향해서 덤벼들었다. 실전으로 다져진 기사 급의 사내들인 만큼 그들은 당황하지 않고 검으로 식신들을 후려쳤다.

깡—

사내들의 손아귀가 찢어지며 들고 있던 검을 놓치고 말았다.

그들의 얼굴근육이 딱딱하게 경직되었다.

아무런 방어구를 갖추지 않은 인간의 근육이 검날을 부러뜨린 것이다.

더군다나 '깡' 이라니.

마치 단단한 강철을 친 것 같은 느낌이 아니던가.

"뭐야, 이것들은."

사내들의 입에서 신음이 흘러나왔다.

그들은 재빨리 품 안에 있던 단검을 꺼내 마나를 불어넣었다.

단검에서 오러가 생겨나며 장검만큼이나 길어졌다. 사내들은 뒤늦게 지하실로 들어온 티로스를 바라봤다.

상황을 눈치챈 티로스는 사내들에게 여러 버프를 걸어주었다.

공격력과 방어력이 3할 가까이 늘어났다.

"큭큭, 이래서 마법사와 함께 일하는 것은 편하다니까."

한 사내가 입술을 뒤틀며 웃었다. 아무리 저것들의 몸이 다이아몬드처럼 단단하다고 하더라도 버프까지 받은 상태에서 베지 못하면 망신이었다.

무엇이든 벨 수 있다는 오러. 더해서 3할의 파괴력이 늘었다.

그들은 자신만만하게 식신들에게 검을 휘둘렀다. 좀 전보다 훨씬 빠르고 파괴력 넘치는 공격이었다.

콰콰콰쾅!

오러에 맞은 지하실 벽면이 움푹 파였다. 워낙 위력이 강해서 금방이라도 천장이 무너질 듯했다.

하지만 그들은 식신들을 맞추지 못했다. 어느새 사내들의 등 뒤로 돌아간 식신들이 입을 벌리고 있었다. 입안에는 송곳처럼 이빨이 뾰족하게 빛났다.

우드드득.

식신의 이빨이 사내들의 목을 물어뜯었다. 피가 튀며 살점이 뜯겨졌다.

"크아아악!"

목의 반이 잘려나간 사내들은 제정신이 아니었다. 버프로 인한 방어력 상승은 아무런 도움이 되지 않았다.

식신들은 벌어진 상처 속으로 손을 뻗어 척추를 잡고는 뿌리째 뽑아버렸다. 척수까지 딸려 나오자 식신들은 입을 벌려 그것을 통째로 삼켰다.

상상을 초월하는 잔인한 방법으로 먼저 돌입한 사내들이 죽었다.

살아남은 사내는 얼음처럼 온몸이 굳어졌다.

"뭐야 너희들은? 왜 신전 안에 너희 같은 괴물들이 있는 거야?"

사내는 덜덜 떨며 말했다.

하지만 식신들은 대답하지 않았다. 그들은 그대로 몸을 날려 사내의 팔과 다리를 잡고 강제로 뽑았다.

"으아아아악!"

사내의 육신이 산 채로 분리된다. 지하실은 그들의 피로 얼룩졌다.

네 명의 사내를 해치운 식신들이 티로스를 바라봤다. 티로스는 두 눈을 껌벅였다. 그의 머릿속은 팽이처럼 맹렬하게 돌아가고 있었다.

저들은 도대체 누구지?

키메라?

아니다. 키메라와 비슷한 느낌이지만 뭔가가 미묘하게 달랐다.

저들에게서 어둠의 기운이 강하게 느껴졌다.

그럼 다크 나이트?

그것도 아니다.

다크 나이트가 가공할 위력을 발휘하기는 하지만 갑옷이라는 매개체가 반드시 필요했다. 매개체가 없는 저들은 다크 나이트가 아니었다.

그럼 도대체 무엇이란 말인가.

아차, 호기심 따위를 충족시킬 때가 아니었다. 일단은 이곳에서 탈출해야 한다.

기사들이 모두 죽은 상황에서 마법사인 그가 혼자서 살아남을 수 있는 확률은 지극히 희박했다.

티로스는 자신의 몸에 플라이 마법을 걸었다. 플라이 마법은 워프와 함께 마법사가 가장 신속하게 이동할 수 있는 수단이다.

워프는 분자 단위로 육체를 분해한 뒤 지정한 위치까지 움직일 수는 초고위 마법이라 그의 능력으로는 아직 사용하지 못한다.

하지만 플라이 마법은 자유자재로 사용할 수가 있었다. 그의 몸이 둥실 떠올랐다.

정체를 알 수 없는 괴물들이 다가오기 전에 그의 몸은 지하실 밖으로 나가 있을 터였다.

푸식!

"으아아악!"

그러나 세상은 그의 생각대로 움직이지 않았다.

어느새 날아온 바람의 칼날이 그의 발목을 싹둑 잘라 버렸다.

발목이 잘리자 충격으로 마법이 풀리며 티로스는 바닥에 떨어지고 말았다.

"크으으윽."

바람의 칼날이 날아온 곳에는 곤이 있었다. 곤은 티로스를 향해서 걸어갔다. 놀랍게도 그토록 잔인했던 식신들은 얌전히 길을 비켜주었다.

"크흑, 너 이 새끼, 정체가 뭐야? 내 뒤에 누가 있는지 아느냐? 감히, 나를 이런 꼴로 만들고도 네가 살아남을 수 있을 것 같은가!"

티로스는 팔꿈치로 뒤로 물러나며 곤에게 소리쳤다.

"넌 누구냐, 반드시 복수하겠다, 죽어서도 잊지 않겠다, 지옥에서 널 기다리겠다, 이런 말 따위는 하지 않았으면 좋겠군. 어쨌든 네놈의 머리를 남겨야겠군. 선물로 줘야 하니까 말이야."

곤은 피식 웃으며 대답했다.

그는 고개를 흔들고는 뒤로 물러났다. 곤의 자리를 식신들이 메웠다.

"이, 이봐, 이대로 나를 돌려보내면 지금까지의 일을 일절 불문에 부치겠다. 이봐, 으아아아악!"

식신들은 티로스의 육신을 갈기갈기 찢어서 입안으로 가져 갔다. 식신들은 티로스의 머리만 남기고 모조리 먹어치웠다.

"주인."

펑펑이 조용히 곤을 불렀다.

"왜?"

"이건 개인적인 느낌이지만 날이 갈수록 주인의 감정이 메말라 가는 것 같아."

"그런가."

"응, 처음 주인을 만났을 때와는 천지 차이야. 주인은 잘 모르겠지만."

곤의 감정을 가장 잘 느끼는 펑펑이 그렇게 생각한다면 아마도 그럴 것이다.

곤 본인도 어느새부터인가 생명에 대한 소중함을 잃어간다는 것을 느꼈다.

그래서 뭐?

다른 자들의 사정을 봐주다가는 그가 죽는다. 그는 절대로 죽을 수가 없었다.

그녀에게 돌아갈 때까지는…….

"그런데 저 사람들 왜 저런 거야? 너무 무섭잖아. 식신이라
는 것이 원래 저런 거야?"

"아니."

"그럼?"

"부작용이다."

"부작용? 그게 무슨 소리야?"

"식신으로서 되살아나기 직전에 놈들이 지하실에 들어왔
다. 그래서 영혼과 육체의 융합이 미묘하게 틀어진 거야. 식신
으로 되살아났지만 생기를 갈구하는 원령으로서의 본능이 남
았다고 할까."

"그럼 설마?"

"맞아. 저들이 계속 살아남기 위해서는 지속적으로 살아 있
는 인간을 먹어야 돼."

평평이 눈살을 찌푸렸다.

지금 벌어지고 있는 엽기적인 식사도 보기 힘들었다.

그녀가 인간이었다면 참지 못하고 속에 있는 모든 것을 게
워냈을 것이다.

"저것을 계속 봐야 한다는 거야?"

"할 수 없지. 약간의 제약을 가할 수밖에."

본래 곤은 그들에게 자유를 주려고 했다. 비록 주인과 식신
의 관계지만 그들의 남은 인생을 편히 살게 해주기 위해서였
다.

하지만 저렇게 부작용이 생긴 이상 그대로 둘 수는 없었다.

티로스의 머리만 남기고 육신을 모두 먹어치운 식신들이 몸을 일으켜 곤에게로 다가왔다.

입 주변에서 피가 턱을 타고 뚝뚝 흘러내렸다. 살벌하도록 무서운 모습이었다. 예전에 알던 그들과는 차원이 다른 기질이 느껴졌다.

하지만 그들의 눈빛에서 녹색 기운이 사라졌고 예전의 모습을 돌아왔다.

"부, 부단장님."

퍼쉬가 떨리는 목소리로 곤을 불렀다. 체일과 불킨도 사시나무처럼 바들바들 떨었다. 그들은 공포에 질려 있었다.

식신으로 되살아난 용병들은 어렴풋이 어떻게 된 일인지 느끼고 있었다.

유체이탈과 비슷한 현상이었다.

다른 점이 있다면 용병들은 자신이 죽은 것을 알고 있었다는 것이다.

가장 두려운 것은 본래의 육체를 찾았을 때 찾아온 미칠 것 같은 강렬한 충동이었다.

바로 피에 대한 갈증.

티로스와 검은 무복의 사내들을 찢어서 먹어버렸을 때는 몰랐다.

그러나 먹고 나서가 문제였다. 그들의 손안에 들려 있는 인간의 조각난 육신은 그들의 정신을 무척이나 혼란스럽고 두렵게 만들었다.

"나와의 친밀감이 느껴지나?"

곤이 물었다.

"그, 그렇습니다."

당연히 그럴 것이다.

곤의 영혼과 연결되어 있으니까. 아마 부모를 그리워하는 마음보다도, 자식을 사랑하는 정보다도 곤에 대한 충성심이 더욱 클 터였다.

영혼에 박힌 곤에 대한 충성심.

소환된 식신이 자신의 목숨을 버리면서까지 주인을 지키는 이유였다.

대부분의 식신은 자유의지 없이 오로지 주인의 명령에만 복종한다.

물론 곤은 그럴 생각으로 용병들을 식신으로 만든 것이 아니었다.

"알다시피 나는 샤먼이다. 죽은 너희들의 영혼을 소환했지. 그렇기에 믿을 수 없을 정도로 강한 친밀감을 느끼는 것이다."

"……."

용병들은 아무런 말을 하지 않았다. 아니, 할 수가 없었다.

"나는 너희들에게 아무런 제재를 가하지 않을 거야. 돈을 벌어서 고향으로 돌아가 부모님을 모셔도 되고 여우 같은 마누라를 얻어서 살아도 돼."

"그게 가능합니까?"

"가능해. 단, 내가 죽기 전까지. 내가 죽으면 너희들도 죽어."

식신들은 고개를 끄덕였다.

그들도 곤과의 영혼이 연결되어 있다는 것을 느낀다.

그것이 끊기면 식신들은 영혼과 육체가 분리된다. 죽은 자를 억지로 인간계에 붙들어두고 있으니 당연한 일이었다.

"하지만 문제가 생겼어. 너희들도 느끼겠지."

느낀다.

갑자기 찾아온 참을 수 없는 피의 갈증.

본인들의 이성으로는 통제할 수 없는 강렬한 본능과 같은 것이었다.

"너희들이 먹어치운 저 자식들 덕분에 생긴 부작용이야. 저 놈들만 아니었으면 평범한 인간처럼 살아갈 수 있었을 텐데. 뭐, 이것이 운명이라면 받아들여야지. 어쨌든 너희들에게는 주기적으로 피의 갈증이 찾아올 거야. 확실하진 않지만 한 달에 한 번 혹은 두 번. 이것은 천천히 알아볼 문제지."

"그럼 어떡해야 합니까?"

불킨이 물었다.

"너희들을 다시 죽일 생각은 없다. 하지만 너희들의 부작용도 그대로 내버려 둘 수는 없지. 잘못하면 피의 대한 본능 때문에 동료를 해칠 수도 있으니까. 하여 너희들은 살인자를 찾아서 죽여라."

"살인자라 하심은?"

"전쟁터에서 적을 죽이는 것을 말하는 것이 아니다. 본인의 쾌락을 위해서 아무런 죄도 없는 사람을 죽이는 자들을 찾아서 피를 마시란 소리다. 만약 나와의 언약을 어겼을 시에는 너희들은 왔던 곳을 돌아가게 될 것이다. 약조하겠는가?'

"하겠습니다."

식신들은 두말할 필요 없이 대답했다.

"좋아. 말에는 영혼의 힘이 있다. 너희들은 나와 계약을 맺었다. 그러니 반드시 지키길 바란다. 또한 너희들은 기사 급의 강력한 힘을 얻었다. 아니, 어쩌면 더욱 강할지도 모르지. 하지만 거기서 멈추지 마라. 식신도 수련을 하면 강해진다. 알겠나?'

"은혜를 베푸신 점 뼈에 새기도록 하겠습니다. 살아 있는 동안에는 부단장님께 은혜를 꼭 갚겠습니다."

식신들은 곤을 향해서 무릎을 꿇었다. 그들은 진심으로 곤에게 고마웠다.

특히 퍼쉬는 죽으면서 가장 먼저 떠올렸던 것이 고향에 남아 있는 늙은 홀어머니였다.

자신이 죽음을 어머니께서 어떻게 받아들일까. 지금도 오매불망 아들이 언제 돌아올 것인가 창문 밖을 바라보며 기다리고 있을 텐데.

다시 어머니를 볼 수 있다고 생각하니 가슴이 벅차올랐다.

"그럴 필요는 없다. 약조만 잘 지키고 돈 많이 벌어서 행복하게 살면 된다."

"정말로, 정말로 감사합니다."

뜨거운 눈물이 그들의 볼을 타고 흘러내렸다.

＊　　＊　　＊

곤과 식신들이 밖으로 나왔을 때 씽과 용병들은 한창 도수
도를 익히고 있었다.

용병들은 곤과 식신들이 옆에 올 때까지도 인지하지 못할
만큼 훈련에 열중이었다.

가장 먼저 게론이 식신들을 알아봤다. 게론은 믿을 수 없다
는 듯이 멍하니 서서 그들을 바라봤다.

죽은 자가 눈앞에 멀쩡하게 서서 자신을 바라보며 웃고 있
는데 멀쩡한 정신을 가질 사람이 몇 명이나 있겠는가.

게론이 멈추자 다른 용병들도 그의 시선을 따라갔다. 그들
역시 얼음처럼 굳어버렸다.

"왜 그런 표정이야. 조장, 반갑지 않아?"

퍼쉬가 빙그레 웃으며 말했다.

"너, 너희들이 어떻게?"

"왜, 우리 다시 보는 게 반갑지 않아?"

불킨이 피식 웃었다.

"그게 아니고. 분명, 분명 너희들은 죽었는데."

게론의 상식으로는 이해가 되지 않았다. 죽은 사람이 되살
아날 수 있는 길은 하나밖에 없었다. 언데드가 되어 영원히 어
둠 속에 살아야 한다는 것.

언데드가 되면 언데드는 자신에게 가장 가까웠던 사람들을

먼저 살해한다. 영혼에 박힌 인간이었을 적의 기억 때문이었다.

본능을 참지 못하고 살아생전 가장 가까웠던 사람을 살해하고 마는 것이다.

"그러게. 우리는 죽었는데 어떻게 살아났을까?"

"그걸 우리한테 물으면 어쩌란 거야? 어디 진짜로 살아는 있는 거냐?"

게론이 다가와 퍼쉬의 뺨을 꼬집었다.

"아파."

게론의 눈이 휘둥그렇게 변했다.

정말이다.

체온이 느껴졌다.

따뜻한 피가 흐르고 있었다. 분명 눈앞의 퍼쉬와 불킨, 체일은 살아 있는 인간이었다.

"이, 이게 도대체."

말문이 막혔다.

게론의 행동을 본 용병들이 너 나 할 것 없이 다가와 식신들의 뺨과 팔다리를 만져 보았다.

"진짜잖아? 살아 있어."

"야 인마, 우리가 무슨 장난감이냐? 왜 이리 만져 대."

"이게 어떻게 된 거야?"

2조의 조장 페레도가 물었다. 그 역시 믿기지 않는 것은 마찬가지였다.

"부단장님께서 살려주셨다."

"부단장님이?"

"응."

용병들의 머릿속이 헝클어진다.

그들은 퍼쉬와 체일, 불킨의 시체를 붕대에 꽁꽁 싸매고 가지고 다녔다.

시체가 썩기 시작해서 어쩔 수 없이 방부제를 발랐다. 가만히 놔두면 파리 떼가 다가와 시체들의 주변에서 앵앵거렸다.

바보라도 그들이 죽었다는 것을 알 수 있었다.

그런 시체들을 다시 되살렸다고?

"어떻게?"

"우리야 모르지. 깨어나니 지하실이더라고."

용병들은 얼이 빠진 표정으로 씽과 대화를 나누고 있는 곤을 바라보았다.

"부단장이… 신이라도 돼?"

*　　　*　　　*

곤은 에리카를 찾았다. 보름 동안 에리카가 몇 번이나 찾아왔다고 씽이 말했기 때문이었다.

그녀에게서 절박한 무엇인가가 느껴지지만 그것이 무엇인지 모른다고 씽이 말했다.

제국에서도 성녀로 추앙을 받는 그녀.

모든 사람이 떠받드는 존재였다. 존재감만큼은 가히 독보적이라고 해도 과언이 아니었다.

그런 그녀에게 어떤 절박함이 있을까.

자신에게 찾아올 정도라면 다른 사람에게 털어놓지 못한다는 소리였다.

신관들이 거주하는 곳은 남녀가 구별되어 있다. 남성 성직자가 거주하는 곳은 오른편, 여성 신관들이 거주하는 곳은 왼편이다. 왼쪽에 있는 건물로 가기 위해서는 작은 울타리를 지나야 했다.

남성의 출입이 금지된 곳이지만 곤은 자연스럽게 그곳을 향했다. 제국의 수도에 위치한 교단답게 모든 건물이 아름답게 건축되었다.

여성 신관이 거주하는 건물 입구에는 대지의 여신 헤리의 조각상이 우뚝 서 있었다.

건물 입구에 들어서자 검을 찬 두 명의 여성이 앞을 가로막았다. 가슴이 거의 드러날 정도로 얇은 흰색 천을 입고 최소한의 방어구만 찬 여성들이었다. 여성들로 이뤄진 성기사들 같았다.

"무슨 일이죠?"

여기사들은 곤을 경계하며 물었다.

"에리카 님을 뵈러 왔습니다."

"에리카 님을?"

여기사들의 눈매가 실룩거렸다. 이 늦은 시간에 피 냄새가 물씬 풍기는 남자가 찾아와 신전에서 가장 중요한 인물인 에리카를 찾는다.

그녀들의 상식으로는 이건 말이 되지 않았다.

"무슨 일로?"

여기사들의 말이 짧아졌다.

그녀들은 검의 손잡이를 잡고 언제라도 출수를 할 수 있게 준비했다.

"그녀가 저를 찾아왔었습니다. 급한 일 같아서 실례를 무릅쓰고 이 시간에 찾아왔습니다."

"홋, 성녀님께서 당신을 찾아갔다고?"

"그렇다는군요."

"웃기는군. 신전의 문이 닫혔을 텐데 어떻게 들어왔지? 뒷문으로 들어왔나?"

"무슨 소립니까? 저는 며칠 전부터 계속 이곳에 있었습니다."

에리카가 곤과 용병들을 신전 안에 숨겼다는 사실은 몇 명만 알고 있는 극비 사항이었다.

이 사실이 밖으로 알려지면 카라스 주교나 상급 신관들이 어떤 식으로 행동할지 뻔했기 때문에 에리카는 그 사실을 숨길 수밖에 없었다.

곤은 그런 사정을 모르고 있었다.

"외지인이 계속해서 이곳에 있었다고?"

역시나 여기사들의 반응은 차가웠다.

"그렇습니다. 그러니 에리카 님을 불러주십시오."

"헛소리."

여기사들은 곤을 침입자로 판단했다. 그녀들의 손이 번개처럼 움직이며 검이 튀어나왔다.

곧고 빠르게 뻗어 나와 곤을 덮쳤다.

하지만……

"상당한 발도술이군요."

곤의 목소리는 여기사들의 등 뒤에서 들렸다.

그녀들의 앞에는 흐릿한 곤의 잔상만이 남아 있을 뿐이었다.

"어, 어느새!"

그녀들은 믿기지 않는다는 듯이 신음을 흘렸다. 바로 코앞에 있던 상대가 등 뒤로 돌아갈 때까지 전혀 느끼지 못했다.

여기사들은 재빨리 등을 돌려 검을 위에서 아래로 내려쳤다.

그러나 이번 공격도 먹히지 않았다.

곤이 양손을 들어 검을 들고 있는 그녀들의 양쪽 팔목을 잡았기 때문이었다.

"이익."

팔목을 빼려고 했지만 꿈쩍도 하지 않았다.

"그만두세요. 당신들의 실력으로는 그의 옷깃도 스치지 못할 테니까요."

"성녀님?"

어느새 에리카가 문을 열고 밖으로 나오고 있었다. 아직 잠자리에 들지 않았던 모양이다.

평상시와 다르게 분도 바르지 않아 그녀의 민낯이 그대로 드러났다.

잡티 하나, 솜털 하나 보이지 않는 유리처럼 깨끗한 피부였다.

곤은 여기사들의 팔을 풀어주었다. 그녀들은 뒤로 물러나며 다시 공격할 자세를 취했다. 그녀들은 심히 당황하고 있었다.

성녀는 평범한 사람과는 다르다. 아니, 달라야 한다. 카라스 주교는 분명 그렇게 말했다.

하여 개인적으로 누군가를 만나는 것은 있어서는 안 된다.

상대가 남성이라면 더더욱.

"하지만 이자는?"

"제가 잘 아는 분입니다. 비켜주세요."

"상부에 보고하겠습니다."

"그러도록 하세요. 그러니 일단 비켜주시죠."

성녀가 그렇게까지 말을 하는데 무작정 버티고만 있을 수는 없었다. 그녀들은 어금니를 물며 한발 물러났다. 성녀와 상대 남성이 사라지면 곧바로 보고를 할 셈이었다.

"고마워요."

에리카는 여기사들 사이로 빠져나왔다. 그녀의 앞에는 곤이 버티고 서 있었다.

곤은 에리카를 보며 싱긋 웃었다. 그의 웃음을 보자 답답했던 마음이 뻥 뚫리는 것 같았다. 보름 동안 서운했던 마음도 눈 녹듯이 사라졌다.

어쩐지 울고 싶어졌다.

"나 때문에 곤란해지는 것 아니야?"

곤이 물었다.

"나중에 생각할 문제네요. 일단 자리를 옮기죠."

에리카는 곤을 잡고 아무도 없는 곳으로 발걸음을 옮겼다. 그들의 뒷모습을 보며 여기사들은 의문스러운 눈초리를 거두지 않았다.

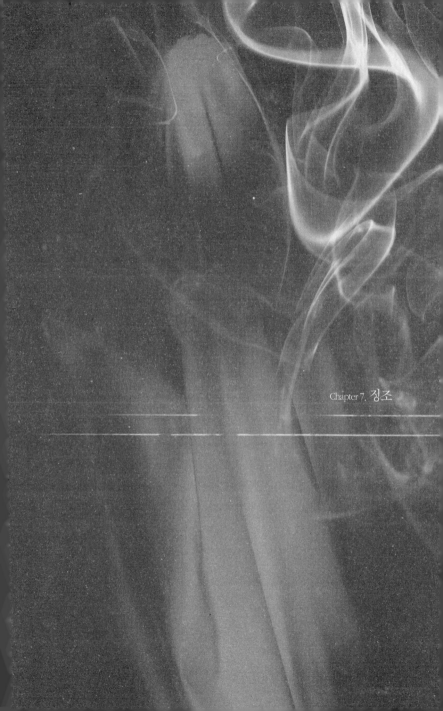

Chapter 7. 징조

　모두가 잠든 시간.

　코일코와 네 명의 노예가 앉아서 얘기를 하고 있었다. 엘프
가 한 명, 드워프가 한 명, 오크가 두 명이었다.

　모두 이번 계획을 함께한 자들로 코일코가 가장 믿는 자들
이기도 했다.

　"모두 연락이 되었어?"

　코일코가 좌중을 돌아보며 물었다. 노예들은 걱정하지 말라
며 고개를 끄덕였다.

　"정말이야?"

　"당연하지. 대장, 우리를 믿으라고. 엘프들에게는 빠짐없이
연락을 했으니까."

엘프들의 두목인 사리나가 밝게 웃으며 대답했다. 엘프라는 종족 특성인지 사리나는 어떤 일에도 얼굴을 찡그리거나 싫은 표정을 할 때가 없었다.

"자, 이제 계획을 얘기해봐."

덩치 큰 오크 다몬이 물었다. 사리나가 웃고는 있지만 다른 이들은 웃지 못했다.

노예 반란.

어느 왕국이든 반란이 없는 곳은 없었다. 어떤 왕국은 일 년에 마흔 번 이상 반란이 일어나기도 했다.

하지만 단 한 곳만은 20년째 반란이 일어나지 않았다. 바로 제국이었다.

더군다나 노예 반란은 제국이 세워진 이후로 단 한 번도 일어나지 않았다.

지금 코일코와 네 명의 노예들은 제국의 변방이 아닌 성도 카르텔 안에서 반란을 일으키려고 하는 것이다. 어지간한 강심장도 꼬리를 말고 도망갈 판이었다. 당연히 긴장을 하지 않는 것이 더 이상했다.

성도에서 노예 반란이 성공하려면 모든 것이 완벽해야 했다.

아니, 모든 것이 완벽하다고 하더라도 부족했다.

완벽한 준비를 했을 때 그들에게 필요한 것은 신의 가호였다. 그렇지 않으면 노예 반란은 죽었다 깨어나도 성공하지 못한다.

코일코는 반란의 시간과 때, 장소에 대해서 상세하게 설명하기 시작했다.

그리고 모든 설명이 끝났을 때 노예들의 표정은 처참하게 일그러졌다.

"미, 미쳤어? 대장, 그게 말이 된다고 생각해?"

배꼽까지 허연 수염이 내려왔지만 아직 서른 살도 되지 않은 젊은 드워프 네이킨이 따지듯이 물었다. 그가 생각하기론 코일코의 계획은 말도 되지 않았다. 죽으려고 환장한 것과 다를 바가 없었다.

그의 말대로 했다가는 수천 명이 넘는 노예들이 떼죽음을 당하고 말 터였다.

"그, 그러게 말이야. 이건 말도 안 돼. 황국으로 쳐들어가야 한다니."

오크인 오코스키도 반대의 한 표를 던졌다.

"이것밖에 방법이 없어."

코일코가 고개를 흔들었다.

"왜? 각각의 귀족들을 죽이고 한곳에 모인 후에 성문을 돌파하면 되잖아."

사리나가 물었다.

"자, 물어보자. 각 귀족가의 사병들과 사설 기사들은 어찌어찌 처리했다고 치자. 그럼 성도를 지키는 군대는 어쩔 건데?"

"으음."

코일코의 물음에 모두가 신음을 흘렸다. 그들의 머릿속에서 잊혔던 자들이 생각났다.

성도 카르텔을 지키는 2개의 성도방위군단.

제국의 호랑이 테일즈 백작이 이끄는 4만의 정규군과 제국의 늑대 크루츠 백작이 이끄는 5만의 정규군이 머릿속을 스치고 지나간 것이다.

무적의 군대라는 소문이 돌지만 전력 자체는 밖으로 드러나지 않았다. 기사단이 몇 개나 있는지 마법 병단의 실력은 얼마나 되는지 모두가 베일에 가려져 있었다.

혹여 운이 좋아 성도를 빠져나갈 수는 있다고 하더라도 방위군단을 피해서 다른 왕국으로 넘어갈 수 있는 확률은 희박했다.

주신 오델라가 도와주지 않고서는.

"성도 밖으로 나가는 것보다 황궁으로 쳐들어가 황제를 인질로 잡는 것이 우리가 유일하게 살아날 수 있는 희망이야."

꿀꺽.

마른침이 넘어갔다.

노예가 황제를 인질로 삼는다고? 그게 가당키나 한 소린가.

이제야 자신들이 얼마나 엄청난 일을 꾸미고 있는지 실감이 왔다.

뒷머리털이 쭈뼛쭈뼛 곤두섰다.

뒤에서 누군가 자신들의 말을 듣고 있을까 봐 겁이 나기도 했다.

"우리는 한날한시에 봉기한다. 만약 이 사실이 인간들의 귀에 들어가면 노예들은 봉기도 하기 전에 모조리 참수형을 당하고 말 거야. 철저하게 비밀에 부쳐야 해."

코일코에 말에 노예들은 고개를 끄덕였다. 그들도 각 종족의 생명을 담보로 하고 있었다. 실패하면 얼마나 많은 동족이 죽을지 상상도 가지 않았다.

이번 노예 반란은 반드시 성공시켜야 했다. 그 길이 너무도 험하고 거칠다고 하여도.

"이제 며칠 안 남았어. 계획을 머릿속에 천 번이고 만 번이고 되새겨. 봉기가 시작되면 서로 보이지 않아도 톱니바퀴처럼 굴러가야 하니까."

"당연하지. 아직 죽고 싶은 마음은 추호도 없다고."

"좋아, 그럼 헤어지자. 더 이상 모임을 갖는 것은 너무 위험해. 그러니 오늘이 마지막 모임이 될 거야. 봉기가 시작되는 날 보자."

코일코가 자리에서 일어나며 주먹을 내밀었다. 사리나와 오코스키, 네이킨과 다몬도 주먹을 내밀었다. 서로의 주먹이 맞닿았다. 죽음과 삶의 경계에 서 있기에 서로의 체온이 더욱 확실하게 와 닿았다.

운이 없다면 마지막으로 보는 얼굴일 수도 있었다.

"행운을 빌어."

"자네도."

"우리 모두 살아서 만나자고."

"살아서 술이나 한잔하자고."

"그거 좋네, 술. 먼저들 죽으면 절대 안 돼."

다섯 명의 사내들은 그 말을 끝으로 다 쓰러져 가는 움막에서 나와 본래 속해 있던 곳으로 돌아갔다. 그들 모두 인간들이 생각하는 것보다 월등한 능력을 가졌기에 경비병에게 걸리는 일은 없을 것이다.

온기가 사라진 움막 안.

끼이익—

다시 문이 열리며 누군가 안으로 들어왔다. 달빛이 비치자 그의 얼굴이 드러났다.

엘프들을 이끌고 있는 사리나였다. 그는 잠시 방 안을 서성거렸다. 이빨로 손톱을 자근자근 씹는 것으로 보아 뭔가에 쫓기는 듯했다.

끼이익—

문이 열렸다.

무엇인가 안쪽으로 들어오는 것이 느껴졌다.

하지만 그것이 무엇인지 사리나의 눈에는 보이지 않았다. 그가 볼 수 있는 것은 어둠 속에서 빛나는 한 쌍의 눈동자뿐이었다.

얼음보다도 차가운 눈빛.

—사리나.

옥구슬이 굴러갈 것 같은 아름다운 목소리였다. 하지만 등줄기가 서늘할 만큼 차가운 음성이기도 했다.

"네."

위축이 된 사리나는 어둠 속의 인물을 쳐다보지 못하고 고개를 숙인 채 대답했다.

—이곳에서 있었던 얘기를 모두 해봐.

"알았습니다."

사리나는 코일코에게 들었던 계획을 모두 다 빠짐없이 어둠 속에 몸을 숨긴 자에게 말했다.

그녀에게는 거짓말을 할 수가 없었다.

사리나의 심장에는 '진실의 업'이란 마법이 걸려 있었다. 그것은 마법을 건 시전자에게 진실을 말하지 않았을 때 발동한다.

바로 심장이 파열돼서 고통스럽게 죽는 것이다.

—흠, 그렇단 말이지? 그 아이, 내 생각보다 훨씬 더 잘해주고 있군.

그녀는 만족스럽다는 듯이 말했다.

'그 아이?'

"혹시 코일코를 아십니까?"

궁금증을 참지 못한 사리나가 조심스럽게 물었다.

—쓸데없는 호기심은 죽음을 재촉하지.

"아, 죄, 죄송합니다."

자신의 잘못을 깨달은 사리나가 급히 고개를 숙였다.

—이제부터 너는 나의 말을 그대로 시행해야 한다. 조금의 오차도 있어서는 안 된다.

"알겠습니다."

여인은 사리나에게 시행할 몇 가지를 가르쳐 주었다. 한 가지를 말할 때마다 사리나는 '알겠습니다'라고 대답했다. 하지만 그의 얼굴은 점점 딱딱하게 굳어졌다.

그녀가 말한 대로 사리나가 시행을 하게 되면…….

종국에서는 단 한 명도 살아남지 못하게 될 것이다.

―확실하게 하도록.

어둠 속의 그녀가 사라지려고 한다. 사리나는 급히 그녀를 불렀다.

"자, 잠시만요."

―…….

"다시 한 번 약조해 주십시오."

―무엇을 말이지?

"저희 종족의 안전."

―분명 너희 종족은 살려준다고 하지 않았던가.

"확실하게 다시 한 번 듣고 싶습니다."

―약조한다. 이번 일만 잘 치르면 너희 종족은 안전할 것이다.

"감사합니다."

끼이익―

문이 열리고 어둠이 사라졌다. 방안에서는 더 이상 인기척이 느껴지지 않았다. 사리나만이 우두커니 서 있을 뿐이었다.

달빛에 의해 어둠이 걷혔다. 움막에서 멀리 떨어진 곳에 그녀가 나타났다.

눈동자가 너무 아름다운 그녀.

검은 가면을 쓰고 있기에 얼굴은 확인할 수가 없었다.

샤를론즈.

전장의 마녀 샤를론즈가 이곳에서 모습을 드러낸 것이다.

*　　　*　　　*

곤과 씽은 거대한 저택의 정문 근처에 서 있었다.

정문은 높이만 해도 수 미터는 넘었고 담벼락은 그보다 더 높았다.

침입자를 막기 위해 담벼락 위에는 날카로운 송곳이 가득 박혀 있었다.

이곳은 나는 새도 떨어뜨린다는 권력을 가진 보수파의 수장 메시나 공작의 저택이었다.

"이봐요, 정말 갈 겁니까?"

곤과 씽을 이곳까지 안내한 사람은 에리카의 시종인 파노다라는 여인이었다.

그녀는 에리카의 명령으로 곤과 씽을 메시나 공작의 저택까지 인도한 것이다.

"당연하지."

씽이 무뚝뚝하게 대답했다.

"아오, 미치겠네. 이봐요. 여기가 어딘지 알아요? 메시나 공작의 저택이라고요. 잘못하면 정문 앞에서 목이 잘릴지도 몰라요. 그러니까 제발 물러나자고요. 성녀님도 참, 왜 나한테 이런 일을 맡겨서 이런 고생을 시킨담."

파노다는 인상을 쓰며 답답한지 머리를 벅벅 긁었다. 생긴 것만큼이나 신경이 날카로운 듯했다. 물론 곤과 씽은 그런 그녀를 신경 쓰지 않았지만.

"빨리 돌아가자고요."

짜증이 솟구쳤는지 파노다는 곤과 씽의 양팔을 잡고 뒤로 당겼다.

그녀가 아무리 힘을 써도 둘은 꿈쩍도 하지 않았다.

"당신은 그냥 돌아가도 돼. 에리카는 당신을 혼내지 않을 거야."

"그게 무슨 소리에요. 어서 가요."

"괜찮아. 그러니까 어서 가도록 해."

곤은 그녀를 보며 미소를 지었다. 그의 웃음에는 거부할 수 없는 어떤 힘이 있었다. 그녀는 자신도 모르게 곤과 씽에게서 떨어졌다.

"후회할 거예요. 절 원망하지 마세요."

"걱정 말래두."

"흥."

파노다는 콧방귀를 뀌고는 뒤도 돌아보지 않고 왔던 길로 돌아갔다.

곤은 에리카와 했던 대화를 떠올렸다.

"그러니까 성도의 분위기가 심상치 않단 말이지?"

"그래요. 다른 사람들에 비해서 저는 많은 사람들을 만나죠. 고민이 있어 찾아오기도 하고, 자신들의 사업에 대해 흥망성쇠를 물어보기도 하고. 하여튼 그들은 저에 대해서 벽이 없어요. 자연히 많은 정보를 접하게 되죠."

"그들의 말이 진실인지 거짓인지 어떻게 알아?"

"이렇게 보여도 저는 성녀예요. 그전에 상급 수녀였고요. 제 능력이 버프만 있는 것이 아니에요. 진실의 눈을 가졌죠. 백 퍼센트 정확한 것은 아니지만 어느 정도 맞출 수는 있어요."

"그러니까 많은 사람들이 너에게 고해성사를 한다 이거지? 그중에는 이 도시에 관련된 것도 있고."

"맞아요. 하급 귀족들이 묻는 것은 대체로 개혁파에 붙는 것이 나을까 아니면 보수파에 붙는 것이 나을까 하는 거죠. 문제는 양측 간의 보이지 않는 싸움이 시작되었다는 것."

"그거야 나랑 상관없지. 이 도시가 불타거나 말거나. 제국이 망하거나 말거나."

"그래요. 이 도시의 흥망성쇠는 곤과 상관없죠. 하지만 당신이 그토록 찾던 코일코와는 상관이 있을 거예요."

"그게 무슨 소리지?"

에리카의 말에 곤의 신경이 날카로워졌다.

지금까지 코일코에 대해서 아무런 단서를 찾지 못했다. 한데 갑자기 그녀의 입에서 코일코에 대한 말이 나왔다.

　"코일코는 노예로 이곳에 끌려왔죠?"

　"맞아."

　"노예들의 움직임이 심상치 않아요."

　다른 사람들은 아무것도 모른다. 하지만 사람들의 움직임에 대해서 민감한 그녀로서는 노예들이 뭔가를 숨기고 있다는 것을 알아챌 수 있었다.

　노예 한 명의 움직임만 의심스러웠다면 그녀도 눈치채지 못했을 것이다.

　하지만 귀족들을 모시는 모든 노예들이 뭔가를 숨기고 있었다. 서로가 눈빛으로 말을 건넨다.

　그때 에리카는 알 수 있었다.

　동시다발적으로 이 도시에서 뭔가가 벌어지고 있다.

　"그게 뭔지 알겠어?"

　"몰라요. 하지만 노예들의 눈빛이 너무 이상해요."

　"어떻게?"

　"희망에 차 있다고 할까."

　"희망이라……."

　곤이 본 노예들의 눈빛은 대부분이 죽어 있다. 미래가 없기에 자발적으로 생각하지도 않는다. 주인이 시키면 시키는 대로 의지 없이 움직일 뿐이었다.

　그런 노예들의 눈빛이 살아난다는 말은 미래가 보인다는 것과도 같았다.

설마…….

아니야. 아닐 거야.

곤은 고개를 흔들었다. 방금 떠올린 그의 생각은 너무도 터무니없었다.

분명 다른 뭔가가 있을 것이다. 노예들에게 희망이 되어주는 그 무엇인가.

"에리카, 부탁 하나 해도 되겠어?"

"뭐든지요."

"노예들의 움직임을 예의 주시해줘. 뭔가 이상한 낌새가 보이면 바로 나한테 말을 해주고."

"알았어요. 대신 저도 한 가지 부탁이 있어요."

"말해봐."

"당신이 코일코를 찾으면."

"찾으면."

"나를 데리고 가줘요."

"당신을?"

곤은 고개를 갸웃거렸다.

기억을 더듬어 보면 중앙 교단에서 그녀는 꽤나 힘들어했다고 들었다.

하지만 제국의 교단으로 탈출을 하고 난 후 그녀는 안전해졌다. 안전한 이곳을 두고 험한 바깥세상으로 나갈 이유가 전혀 없었다.

"모르시겠지만 저는 인형이에요. 중앙 교단은 타락했고 제가 신탁을 받는다는 이유로 목숨을 노렸어요. 이곳도 마찬가지예요. 중앙 교단이 이단에 빠졌다면 이곳은 권력에 미쳤어요. 저는 그들의 권력을 유지하는 데 필요한 물건에 지나지 않아요."

"흠."

곤은 잠시 생각에 잠겼다.

그녀의 도움이 꽤나 큰 것은 사실이었다.

만약 그녀가 교단 안에 숨을 곳을 마련해 주지 않았다면 곤을 비롯해 용병들 또한 목숨을 부지하기 어려웠을 것이다.

하지만 그녀가 교단을 떠날 생각을 할 줄은 꿈에도 몰랐다.

"내가 갈 길은 너무 위험해. 이곳에 있는 것이 나을 거야."

"의지가 없는 인형으로 사느니 죽고 말겠어요."

에리카는 곤의 두 눈을 똑바로 쳐다봤다. 반드시 자신의 의지를 관철시키겠다는 눈빛이었다. 이런 눈빛을 가진 사람의 의지를 꺾기는 쉽지 않다는 것을 곤은 그간의 경험으로 잘 알고 있었다.

"알았어. 기회를 봐서 같이 가도록 하지."

"정말이죠?"

에리카의 눈동자가 초롱초롱해졌다. 그러다 곧 여느 때와 같이 소녀와 같은 표정으로 돌아왔다. 너무도 변화무쌍한 그녀의 표정이 무척이나 귀여웠다.

곤은 그녀의 머리를 쓰다듬어 주었다.

세상의 누가 성녀의 머리를 쓰다듬어 줄까. 누구도 그런 적이 없었다.

에리카의 볼이 홍시처럼 붉어졌다.

싫은 느낌은 아니었다.

오히려 그의 손에 자신의 볼을 문지르고 싶은 욕망이 생겨났다. 그녀는 급히 고개를 흔들었다. 그런 생각을 한 자신이 조금은 불결하게 느껴졌다.

"아 참, 그리고 메시나 공작의 저택 위치 좀 가르쳐 줘."

"왜요?"

"그자에게 줄 선물이 있어."

"위험할 텐데요?"

"알아. 그래도 가야 돼. 이렇게 당하고만 살 수는 없지."

"메시나 공작을 직접 만나야 돼요?"

"그럴 필요는 없지만 경고는 해줘야지."

"음, 그럼."

에리카는 빙긋 웃으며 자신이 알고 있는 사실을 털어놓았다.

오늘은 성도에 있는 모든 중앙 귀족이 모이는 날이다. 한 달에 한 번 위원회가 열리는 날이었다.

특별한 일이 없는 한 모든 귀족들은 반드시 황궁에 모여야 했다.

평상시라면 믿을 수 있는 개인 기사들만 대동하고 입궁을 했을 것이다.

하지만 지금은 '평상시'가 아니라는 데 문제가 있었다.

내전이 일어날지도 모르는 일촉즉발의 상황이었다. 귀족들은 자신들이 가용할 수 있는 모든 기사를 데리고 황궁으로 입궁했다.

모르긴 몰라도 황궁 연무장 근처에는 수백 명이 넘는 기사들이 기 싸움을 하고 있을 것이다.

그렇다는 말은······.

메시나 공작의 집 안은 텅텅 비었다는 말과도 같았다.

물론 대귀족이니 상당한 수준의 사병들이 거주하고 있을 테지만 핵심 전력이 있고 없고는 하늘과 땅 차이였다.

"그럼 가볼까."

"네, 형님."

곤과 씽은 메시나 공작 저택의 정문으로 다가갔다.

정문을 지키던 두 명의 경비병이 다가오는 곤과 씽을 바라봤다.

설마 이쪽으로 오는 것은 아니겠지, 라는 표정이었다.

하지만 곤과 씽은 그들의 예상을 배반했다. 코앞까지 다가간 것이다.

"뭐요, 당신들."

한 경비병이 손바닥을 펴며 더 이상 다가오지 말라는 포즈를 취했다.

"안에 들어가고 싶은데 비켜주겠나. 비켜주면 다치진 않게 하겠다."

곤이 말했다.

"다치지 않게 하겠다? 이 자식들이 미쳤나."

경비병은 콧방귀를 뀌었다.

그들이 보기에 곤과 썽은 너무도 허름했다.

둘 다 키가 크고 생김새가 특이하기는 했지만 그것 외에는 특별히 봐줄 곳이 하나도 없었다. 기껏해야 용병 나부랭이쯤 되려나.

경비병이 곤의 어깨를 툭 하고 밀었다. 밀었다고 생각했지만 그의 몸은 앞으로 기우뚱거려 고꾸라질 뻔했다.

곤이 슬쩍 어깨를 움직여 그의 손을 피하는 바람에 경비병이 꼴사납게 균형을 잃은 것이다.

"이, 이 새끼가."

창피를 당했다고 생각한 경비병들의 얼굴이 붉게 변했다. 그들은 들고 있던 창으로 곤을 찌르려고 했다.

하지만 그들은 창을 내지르지 못했다. 그대로 움직임을 멈추고 입을 떡 벌렸다.

쿠쿠쿵—

메시나 공작가의 상징인 거대한 철문이 여섯 조각으로 반듯하게 잘리며 무너져 내리는 것이 아닌가. 놀랍게도 철문을 자른 것은 다섯 개의 손톱이었다.

경비병들의 상식으로는 있을 수 없는 일이었다. 그들은 창은 든 채로 딱딱한 고체처럼 굳었다.

곤은 고개를 돌려 경비병들을 보며 물었다.

"들어가도 되나?"

경비병들은 대답도 하지 못한 채 고개를 위아래로 끄덕였다.

자신들이 저들을 막지 못한다는 것은 방금 전의 일로 알았다. 나중에 상관에게 저들을 막지 못한 문책을 당하겠지만 여섯 조각으로 잘려서 죽는 것보다는 나았다.

곤과 씽은 경비병들을 뒤로하고 메시나 공작의 저택 안으로 들어섰다.

중앙 귀족들은 지방 귀족들에 비해서 저택의 규모가 훨씬 작다.

물론 중앙 귀족들 역시 자신들의 영지에서는 왕과 같이 군림하지만 성도 안에서는 그럴 수가 없었다.

제아무리 제국의 실세인 메시나 공작이라고 하더라도 그것은 마찬가지였다.

황제의 눈에 거슬려서 좋을 것이 없었다.

공작가의 저택이니 넓기는 하지만 지방 귀족들처럼 정문에서부터 저택까지 수십 분씩 마차를 타고 가야 할 만큼 거대하지는 않았다.

"저긴가 보군."

곤이 4층짜리 건물을 가리켰다.

방의 숫자만 족히 수십 개나 넘어 보이는 상당한 크기의 저택이었다. 저택 앞에는 석상으로 된 작은 아이가 오줌을 누는 분수가 보였다.

저택 앞 정원 곳곳에서 여러 명의 정원사들이 나무들을 여러 가지 모양으로 가꾸고 있었다.

정원은 압도적으로 거대하지 않은 대신에 설치된 장식물이나 건축물 하나하나가 예술품에 가까웠다.

메시나 공작의 예술적인 감각이 무척이나 뛰어나다는 것을 알 수 있었다.

곤과 씽이 대리석을 깨끗하게 잘라 이어 붙인 길을 걸었다.

나무를 손질하던 정원사들이 힐끗힐끗 그들을 바라봤다.

"저기 있다!"

저택에서 십여 명의 병사가 다급하게 뛰어 나오는 모습이 보였다. 그들은 곤과 씽을 발견하고는 곧장 달려왔다.

꽤나 기세등등하다.

그러나 긴장감이라고는 없는 표정이었다.

그들은 메시나 공작 저택에 침입한 상대에 대해서 호기심을 느낄 뿐이었다.

어떤 미친놈들이 제국의 두 거목 중에 한 명인 메시나 공작 저택에 무단으로 침입을 했을까라는.

"죽이진 마."

곤이 말했다.

"형님의 말이라면."

씽이 병사들을 마주 보며 앞으로 달려 나갔다. 전력을 다하지 않았음에도 상당히 빠르다.

마나를 사용하지 않고 본신이 가진 힘으로도 이토록 빠른 속도를 내는 것이다.

병사들은 가소롭다는 듯이 검을 꺼내 씽을 향해서 휘둘렀다.

그들의 검이 씽의 몸에 닿을 리가 없었다. 씽의 움직임이 더욱 빨라지더니 병사들을 닥치는 대로 후려쳤다.

복부, 목, 얼굴, 가슴 등을 맞은 병사들은 비명도 제대로 지르지 못하고 쓰러졌다. 그들은 바닥에 엎어진 채 거친 숨을 몰아쉬었다.

"크흑, 이 미친놈들, 여기가 감히 어딘 줄 알고."

"어디긴, 메시나 공작 저택이잖아? 그것도 모르고 찾아왔을까 봐."

"그걸 알면서 이따위 난동을 피우는 거냐? 너희는 죽은 목숨이야. 공작 각하께서 이 사실을 알면 너희들은 살아도 산 목숨이 아닌 것이 될 거야."

"그건 당신이 상관할 바가 아니고요."

씽은 나불대는 병사의 입을 발끝으로 '툭' 하고 찼다. 가볍게 찼을 뿐인데 병사의 이빨이 모조리 부러졌다. 병사는 입을 양손으로 막은 채 비명을 질렀다.

"가시죠, 형님."

곤과 씽은 다시 저택으로 향했다. 산책을 나온 것처럼 여유로운 행보였다.

"누군지 모르지만 거기까지 하지?"

한 사내가 곤과 씽의 걸음을 막았다.

키가 큰 굉장한 미남자였다. 부드러운 갈색 머리가 바람에 날려 살랑거렸다.

그는 메시나 공작이 자랑하는 섬광 기사단의 서열 7위인 '웃는 체르게이'였다.

무엇을 하든 항상 웃는 얼굴이라 하여 붙여진 별칭이었다. 별칭대로 그는 말을 할 때마다 눈이 반달이 된다. 얼굴만 봐서는 상당히 매력적인 남성이었다.

그렇지만 그의 몸에서 풍기고 있는 기운은 상당히 위험했다.

곤과 씽은 걸음을 멈췄다.

"제법 실력이 있는 것 같은데. 하지만 말이야, 이곳을 너무 얕잡아 봤어. 겨우 둘이서 쳐들어와 뭐 어쩌겠다는 거지?"

웃는 체르게이가 팔짱을 낀 채 말했다.

"받은 것이 있어서 돌려주려고."

곤이 대답했다.

"두고 가."

"그럴 수는 없지."

"마지막 경고다. 두고 가는 것이 좋을 거야. 지금부터는 어린애 장난처럼 상대하지 않겠다."

"훗."

곤은 비릿하게 웃었다.

체르게이가 보기에 그것은 분명 비웃음이었다.

감히 섬광 기사단 서열 7위의 자신을 앞에 두고 비웃음이라
니.

그의 눈매가 더욱 깊게 웃는 모양을 갖췄다. 눈썹이 반달이
되어 가면 갈수록 그의 살의가 깊어진다는 뜻이었다.

"죽고 싶어서 환장한⋯⋯."

체르게이는 말을 끝낼 수가 없었다.

어느새 곤과 씽이 그의 옆을 스치듯이 지나쳤다.

질풍처럼.

무슨 수를 썼는지 보이지도 않았다.

느낀 것은 단 하나.

그 짧은 시간 동안 강렬한 타격을 자그마치 120번 이상 당했
다는 것이다.

"이, 이게 무슨⋯⋯."

웃는 체르게이는 제대로 된 대응 한 번 하지 못하고 쓰러지
고 말았다.

하지만 그의 등 뒤로는 수십 명이 넘는 기사들이 살벌한 살
기를 내뿜으며 곤과 씽을 바라보고 있었다.

그들이 검을 꺼냈다.

검에서 오러가 줄기줄기 뿜어져 나왔다. '으아아왓!' 이라는
기합과 함께 공격이 시작되었다.

"이제 시작이군요, 형님."

"이 정도야 뭐. 마법사도 없다, 상급 기사도 없다, 핵심 전력
이 빠진 저 정도 병력도 쓰러뜨리지 못하면 나가서 혀 깨물고

죽어야지."

"동감입니다."

"자, 가자. 우리의 이름을 남기는 것은 이곳에서부터 시작이
다."

곤과 씽은 앞을 향해서 전진했다.

코르크는 메시나 공작의 장남이었다. 아버지를 닮아 훤칠한
키에 뚜렷한 이목구비는 중앙 귀족 여식들의 마음을 흔들었
다.

잠재력 또한 대단하여 겨우 12세에 마나를 자유자재로 다룰
수가 있었고 15세에 소드 익스퍼트 경지에 올랐다.

지금은 그의 아버지인 메시나 공작을 빼고는 얼마나 대단한
경지에 다다랐는지 측근조차 알지 못했다.

하지만 성격은 어머니를 닮아 모난 곳이 있었다. 본래 그의
어머니가 공작의 가문이었다.

지금은 공작이지만 당시에는 아버지인 메시나가 데릴사위
였던 것이다.

공작가의 외동딸.

얼마나 애지중지하고 키웠을지 감히 상상이 간다. 공작은
딸을 위해 모든 것을 해주었고 대신 딸의 성품을 잃었다.

어머니는 자신의 마음에 들지 않는 것이라면 뭐든지 부수고
망가뜨렸다. 그것이 설사 사람이라고 할지라도.

코르크는 그런 어머니와 너무도 닮아 있었다. 그는 저택에

있는 젊은 메이드를 모두 건드렸고 그것도 모자라 강간을 일삼았다.

간혹 하급 귀족의 영애를 건드려 문제가 되면 자신이 가진 배경으로 그것을 짓눌렀다.

안하무인.

아버지가 건재한 이상 그는 거칠 것이 없었다. 10년만 지나면 아버지의 작위도 그에게 계승될 테니까 더 큰 무소불위의 권력을 가지게 될 것이다.

황제를 빼고는 세상에 무서울 것이 없는 자였다.

그런 그가 손발을 부들부들 떨고 있었다. 이마에서 땀이 뚝뚝 흘러내려 바닥에 떨어졌다. 얼마나 놀랐는지 얼굴의 작은 솜털까지 모조리 곤두섰다.

코르크가 무적이라 생각하고 자랐던 섬광 기사단의 기사들이 지푸라기처럼 눈앞에 쓰러져 있었다.

저택에 있는 정원사들과 메이드, 노예들은 겁을 잔뜩 집어먹고 멀찌감치 숨어서 이곳을 지켜봤다.

"도, 도대체 뭐야, 저것들."

코르크의 목소리가 덜덜 떨려왔다.

잔인한 광경은 얼마든지 봐왔다. 사람 죽는 것도 많이 봐왔다. 사람 죽이는 일도 직접 해봤다.

하지만 이토록 압도적이며 가공할 광경은 본 적이 없었다.

두 명의 사내.

검은색과 은발의 머릿결을 가진 사내들이었다.

그들은 무적이라고 생각했던 기사들을 무참히 짓밟았다. 아니, 가지고 놀았다는 말이 정확할 것이다. 모든 기사를 쓰러뜨린 그들이 다가와 코르크를 훑어봤다.

그들 앞에서 허튼짓을 하면 죽는다, 라는 것을 본능적으로 깨달았다.

"보석으로 치장한 것을 보니 메시나 공작의 아들쯤 되겠는데요?"

은발의 사내가 말했다.

젊은 세대 중에서도 발군의 실력을 보이고 있는 코르크는 그들 안중에도 없었다.

"메시나 공작의 아들이 맞나?"

검은 머릿결의 사내가 다가왔다.

"이, 이 개자식들이!"

코르크는 발끈했다. 하지만 검을 뽑는다거나 다른 적대적인 행동을 하지 못했다.

검은 머릿결의 사내가 그의 귀를 붙잡고 당겼기 때문이다. 귓불이 떨어져 나갈 것처럼 아팠다.

"물었잖아. 맞냐고?"

"마, 맞습니다."

검은 머릿결의 사내가 가진 기운에 굴복하여 자신도 모르게 존댓말이 튀어나온 코르크였다.

"그렇단 말이지."

검은 머릿결의 사내는 코르크의 잡아당겼던 귓불을 놓았다.

코르크는 크게 숨소리 한 번 제대로 내지 못했다.

"자, 이거 받아라."

검은 머릿결의 사내는 한 손에 들고 있던 중간 크기의 가방을 코르크에게 건넸다. 코르크는 덜덜 떨리는 두 손으로 그것을 조심스럽게 받았다.

"이, 이게 무엇입니까?"

"니네 아비에게 보여주면 알 것이야. 이 말을 꼭 전하도록. 나는 받은 만큼 돌려준다고. 상대가 누구든지."

두 사내는 그 말을 남기고 저택을 떠나갔다.

코르크는 너무 무서워 그들이 떠날 때까지도 자리에서 꼼짝하지 못했다.

움직이면 당장에라도 그들이 쫓아와 자신의 목을 베어버릴 것만 같은 공포를 느끼고 있었다.

"후아아."

두 사내가 코르크의 시선에서 사라지자 그제야 길게 한숨을 내쉬었다.

"젠장, 아버지가 오시면 모두 말씀드릴 테다. 울 아버지가 얼마나 무서운지 알아? 메시나 공작이라고. 너희는 사람 잘못 건드렸어."

코르크가 사납게 짖었지만 들어줄 두 사내는 이미 떠난 후였다.

"젠장."

그는 욕설로 분이 풀리지 않는 듯 검은 머릿결의 사내가 준

가방을 발로 걷어찼다.

"윽."

가방에 무엇이 들어 있는지 발끝이 무척이나 아팠다. 가방
은 데굴데굴 굴러 계단에 부딪쳐 멈췄다. 넘어진 가방에서 둥
그런 뭔가가 튀어나왔다.

"히, 히이이익."

사람의 머리였다.

바로 코르크의 스승 중 한 명이었던 티로스의 머리가.

Chapter 8. 내전 발발

제국에서 가장 큰 축제를 오델라 데이라고 한다.

수만 년 전, 대륙을 오직 폭풍과 해일, 지진만이 지배하던 시절. 주신 오델라는 대륙에 마흔아홉 가지의 축복을 내려 수많은 종(種)을 탄생시켰다.

종은 교배와 진화를 거듭하여 인간을 비롯해 수백 종의 종족들이 현재의 모습을 갖게 되었다.

인간들은 그것을 축복하기 위하여 일 년에 한 번 나흘간 축제를 열었다.

내전이 터질 거란 흉흉한 소문이 돌았던 성도 카르텔이지만 사람들도 이때만큼은 근심을 덜어버리고 분위기를 즐겼다.

교단은 평상시에는 거의 개방을 하지 않는 중앙 신전의 문을 열었다. 수많은 사람들이 신관들에게 세례를 받기 위해서 몰려들었다.

그뿐만이 아니었다.

불가침의 성역으로 보였던 황궁마저 이날만큼은 전 국민에게 개방된다.

물론 많은 사람들이 몰려 선착순으로 입장이 가능하지만 대륙 전체로 봐서는 파격적인 일이 아닐 수 없었다.

이날만큼은 보수파와 개혁파 모두 싸움을 멈추고 축제를 즐겼다.

아니, 즐기려는 모양새를 보여주었다.

황제의 이름으로 황궁에서 파티가 열렸다.

일 년에 한 번 있는 행사이기에 지방 귀족들도 대거 참석했다.

중앙 귀족들과 연줄이 없는 그들로서는 대대적인 축제가 벌어지는 오델라 데이가 연줄을 만들 절호의 기회가 아닐 수 없었다.

메시나 공작의 장남인 코르크는 얼마 전에 있었던 가택 침입 사건 때문에 무척이나 짜증이 나 있었다.

다행히도 인명 피해는 없었다. 그것이 코르크를 더욱 짜증스럽게 했다. 겨우 두 명의 상대에게 철저히 농락을 당한 꼴이었다.

그는 아버지인 메시나 공작에게 잘린 티로스의 머리를 보여주며 있었던 사실을 고했다. 물론 자신이 기사들을 이끌고 얼마나 악착같이 그들과 맞서 싸웠는지도 상세하게 설명했다.

티로스의 잘린 머리를 본 메시나 공작은 별말을 하지 않았다. 티로스의 머리가 무엇을 뜻하는지 메시나 공작이 모를 리가 없었다.

'더 이상 우리를 쫓으면 당신도 이런 꼴이 될 것이오.'

메시나 공작 입장에서는 기가 찰 노릇이었다. 그들이 다니엘 백작의 기사들이라는 것은 둘째 문제였다. 그들은 메시나 공작 자존심에 큰 상처를 입혔다.

그는 이번 축제가 끝나는 즉시 섬광 기사단과 12명의 마법여단을 모두 풀어 놈들을 끝장낼 것이다. 마법여단은 메시나 공작의 히든카드였다.

각각의 개성이 뚜렷하여 다루기는 쉽지 않지만 실력은 진짜배기였다. 그들이 가세한 섬광 기사단은 족히 세 배 이상은 강해진다.

이제껏 섬광 기사단과 마법여단이 한꺼번에 출격하여 이루지 못한 일은 없었다.

마법여단이 함께하지 않은 섬광 기사단은 반쪽짜리 기사단인 셈이었다.

하지만 그것을 아들에게 알릴 필요는 없었다. 그는 분을 삼키며 황제가 참석하는 축제에 참가하기 위해 막내딸만을 데리고 황궁으로 향했다.

이번 행사에 코르크는 참석하지 못했다. 그래서 더 화가 났는지도 모른다. 괜찮은 영애들을 꼬드겨 잠자리로 이끌 수 있는 절호의 기회를 놓쳤기에.

"빌어먹을. 그 개새끼들, 분명 성도 안에 있을 거야. 잡히기
만 해봐라."

서너 명의 기사를 대동한 코르크는 성도에서 가장 번화한
중앙 광장을 매의 눈으로 살폈다.

그가 느끼기에 저택을 쳐들어 온 놈들은 분명 기사였다. 그
들이 어떤 귀족에 속한 기사들인지만 알아도 코르크는 충분히
처리할 수 있을 것이라 믿었다.

제국 최고의 권력을 가지고 있는 메시나 공작 앞에서는 어
떤 귀족도 고개를 제대로 들 수 없었다.

코르크는 주위를 샅샅이 훑었지만 놈들과 비슷한 외모의 모
습도 찾기 힘들었다.

"제기랄."

코르크는 연신 욕설을 내뱉었다.

그날 치욕을 당한 기사들도 곁에 있기에 코르크를 말리지
않았다. 기사들 역시 그날만 생각하면 머리끝까지 울분이 치
솟았다.

그들의 화풀이를 받아줄 자들은 노예들이었다. 노예들로서
는 뜬금없는, 가혹한 구타였다.

코르크는 고개를 숙이고 그들의 뒤를 쫓던 오크들에게 들고
있던 길고 가느다란 회초리로 마구 매질을 가했다. 얇지만 탄
력이 강해서 귀족들이 애용하는 회초리였다.

품위 있게 매질을 하기에 좋은 도구였다. 하지만 맞는 자의

고통은 상상을 초월했다. 그것에 맞으면 맞은 자리 그대로 살이 터진다.

다섯 명의 오크가 바닥에 엎어진 채 '주인님, 살려주세요'라며 애원했다.

그럼에도 코르크는 회초리를 멈추지 않았다. 한 명이 죽을 때까지 매질을 멈추지 않을 듯했다. 광장을 구경하던 사람들은 아무도 코르크를 말리지 않았다.

성도 카르텔에서 노예는 가축이었다. 노예가 죽는다는 것은 집에서 키운 개 한 마리가 죽는 것과 다를 바가 없었다.

댕댕댕댕—

대륙에서 가장 큰 시계탑. 일명 그레이트 타워로 불렸다. 1,200년 전 9서클의 마법사 다섯 명이 모여 건설했다고 알려진 제국의 자랑스러운 건축물이었다.

그레이트 타워에서 정오를 알리는 종소리가 울렸다. 축제를 알리는 서막이기도 했다. 축제를 즐기던 사람들은 종소리에 맞춰 환호성을 내질렀다.

코르크도 잠시 매질을 멈췄다. 매질이 멈춘 사이 오크들이 자리에서 일어났다.

그중의 한 명은 코일코였다.

코일코는 발목에 숨겨둔 작은 단검을 꺼냈다.

다른 오크들도 마찬가지였다. 그들의 행동을 기사들은 눈치채지 못했다. 모두의 시선이 그레이트 타워를 향해서 쏠려 있었다.

코일코는 코르크의 등 뒤로 다가가 검을 목에 댔다. 그리고 자연스럽게 '스윽' 하고 그었다.

"으음."

코르크는 바늘로 찌른 것 같은 따끔함을 느꼈다. 그는 손을 들어 목을 만졌다.

"피?"

손바닥에는 피가 홍건했다.

동시에 그의 두 눈동자가 파르르 떨렸다. 점점 벌어진 목에서 피가 분수처럼 솟구쳤고 정신은 안개처럼 희미하게 사라졌다.

털썩.

이윽고 코르크는 바닥에 쓰러진 채 움직이지 않았다.

그를 호위하던 기사들도 마찬가지였다.

동시다발적으로 목이 잘린 그들은 코르코와 같이 바닥에 쓰러졌다. 그들이 흘린 피가 바닥을 시뻘겋게 적셨다.

"으아아아악! 살인이다!"

"여, 여기도! 노예들이 미쳤어!"

황궁에 참석하지 못한 어린 귀족들이나 하급 귀족들이 노예들에 의해 떼죽음을 당했다.

시장 상인들은 기겁을 하며 비명을 질렀다. 뭔가 심상치 않은 것을 느낀 눈치 빠른 자들은 뒤도 돌아보지 않고 도망을 쳤다.

"들어라! 나는 오크족의 코일코라고 한다!"

코일코는 내공을 이용해 소리쳤다. 내공이 실린 그의 목소리가 광장 전체로 퍼졌다.

주인을 죽인 노예들이 모두 코일코를 바라봤다.

이미 그들은 손에 피를 묻혔다. 다시는 되돌릴 수가 없었다. 주사위는 던져졌고 자유는 오직 본인들의 의지로 되찾을 수가 있을 것이다.

인간들에게 멸시만 당하던 노예들의 눈빛이 아니었다.

투사의 눈빛이다.

"지금 이 시간 우리는 깃발을 올렸다! 인간들의 황제를 잡아 자유를 쟁취하자! 내 목소리가 들리는 모든 이종족들은 황궁을 향해서 전진하라!"

코일코는 죽은 기사들의 검을 들고는 황궁을 향해서 뛰기 시작했다.

다른 오크들도 그의 뒤를 쫓았다. 사방에서 쏟아져 나온 드워프와 오크, 엘프들이 함성을 지르며 황궁을 향해서 뛰어갔다.

바야흐로 제국 역사상 한 번도 일어나지 않은 노예들의 반란이 성도에서 일어난 것이다.

*　　　*　　　*

키스톤과 자크, 슈테이가 곤을 찾아왔다. 곤은 이들을 까맣게 잊어버리고 있었다. 찾아올 것이라 기대도 하지 않았다는 편이 옳을 것이다.

곤과 그들은 마주 보고 앉았다.

언제부터인가 에리카는 곤의 옆에서 떨어지지 않았다.

에리카는 귀족들을 상대할 때가 아니라면 숙소에 돌아가기 전까지 곤 옆에 있었다. 시녀들이 기겁을 했지만 그녀는 개의치 않았다.

에리카는 손수 끓인 차를 곤과 약장사들 앞에 놓았다. 성녀 에리카가 직접 차를 가져올 줄 몰랐던 그들은 벌떡 일어나 몸 둘 바를 몰라 했다.

특히 독실한 신자인 자크는 넙죽 엎드려 절을 하기까지 했다.

"앉아서 이야기 나누세요. 무슨 일 있으시면 부르시고요."

에리카는 싱긋 웃으며 말했다.

"서, 성녀님을 부르다니요. 당치도 않은 말씀입니다."

놀란 키스톤이 손사래를 쳤다.

정보에 빠른 그이기에 에리카가 곤을 도와줬다는 것은 진작 파악하고 있었다. 하지만 그녀가 곤의 시녀처럼 행동할 줄은 상상도 하지 못했다.

수많은 사람들에게 추앙을 받는 상급 수녀 에리카. 아니, 제국에서는 성녀로까지 추앙을 받는 그녀가 아니던가.

그들은 지금의 상황이 믿기지 않았다.

에리카는 괜찮다고 말을 하며 밖으로 나갔다. 키스톤과 자크, 슈테이는 아직도 믿을 수 없다는 듯이 멍한 표정을 지었다.

"코일코를 찾았나?"

곤이 그들의 상념을 깨뜨렸다.

퍼뜩 정신이 돌아온 키스톤은 고개를 끄덕였다. 사실 코일코는 훨씬 전에 찾았다. 그들이 이제야 곤을 찾은 이유는 두 가지였다.

첫째, 메시나 공작의 표적이 된 곤이 살아남을 수 없을 것이란 판단이었다. 만약에 곤이 살아남는다면 그제야 곤을 찾아올 생각이었다.

둘째, 곤의 정체였다. 그들이 파악하기에 곤의 무력은 너무 괴이했다. 이 정도의 강자가 하늘에서 뚝 떨어졌다는 것은 말이 되지 않았다.

심히 곤의 정체가 궁금했던 그들은 가용할 수 있는 모든 정보요원들을 가동했다.

그렇지만 그들은 곤의 정체를 알아낼 수가 없었다. 그들이 알아낸 것이라고는 곤이 군사도시 소믈린을 제국의 공세에서 구해냈다는 것 하나였다.

문제는 군사도시 소믈린을 공격한 자였다. 제국군을 이끌고 소믈린을 공격한 사람은 제국이 자랑하는 전장의 마녀 샤를론즈였다.

불패의 마녀.

잔혹하지만 절대로 지지 않는다는 그녀가 소믈린과의 전투에서 패하고 만 것이다.

그리고 소믈린의 승리를 이끈 자가 다름 아닌 곤이었다. 그런 곤의 과거 행적은 도저히 찾을 수가 없었다.

키스톤은 두 가지 길 중에 하나를 선택해야 했다.

하나는 곤의 행적을 메시나 공작에게 팔아치우는 것이다. 어느 정도 돈을 받을 수 있겠지만 그러기에는 뒤가 너무 찝찝했다.

둘째는 곤과 거래를 하는 것이다.

키스톤은 두 번째 길을 선택했다.

그와 거래를 트면 어쩐지 엄청난 명성과 부를 자신에게 안겨줄 것 같았다. 어쩌면 곤과의 거래가 일생일대의 기회일지도 모른다.

지금까지의 경험을 비추어 볼 때 키스톤의 예감이 빗나간 적은 한 번도 없었다.

"코일코를 찾았습니다."

키스톤의 말에 곤의 눈이 번쩍 떠졌다. 그동안 메시나 공작의 방해로 코일코에 대한 정보를 전혀 알 수 없었던 곤이었다.

한데 전혀 생각도 하지 않았던 약장사들이 코일코의 행방을 알아내어 찾아온 것이다.

곤의 입장에서는 큰 행운이 아닐 수 없었다.

"그 아이는 어떻게 지내나?"

코일코의 상황을 묻는 곤의 심장이 심하게 뛰었다. 아들과 같은 아이다. 그 아이를 구하기 위해 목숨을 걸고 대륙을 횡단했다.

그리고 곤의 인내는 결실을 맺으려고 하고 있었다.

"아직까지는 잘 지내고 있습니다. 어리지만 본인의 능력이 꽤 좋은 듯합니다. 검투노예로서 아직까지 살아 있으니까요. 아, 축제로 인해 귀족들의 살인 게임이 중지됐으니 지금은 귀족들의 호위를 맡고 있겠군요."

"검투노예? 그건 뭐지?"

곤의 물음에 키스톤은 검투노예에 대해서 간략하게 설명을 해주었다. 역겨운 귀족들의 살인 게임에 대해서 들은 곤은 인상을 찌푸렸다.

키스톤의 설명을 듣자니 코일코가 아직 살아 있는 것이 기적에 가까웠다.

서둘러 코일코를 구해내야 한다.

"그런데 문제가 생겼습니다."

키스톤이 아무도 없는 방안을 두리번거린 후 목소리를 낮췄다. 그의 행동으로 보아 꽤나 중요한 내용을 얘기할 듯했다.

"무슨 문제?"

"곧 노예들이 반란을 일으킵니다. 주동자는 코일코입니다."

"반란?"

"그렇습니다. 성도 카르텔은 언제 터질지 모르는 화약고와 같습니다. 지금 당장 반란이 일어난다고 하더라도 이상하지 않지요."

노예들이 반란을 일으킨다는 것은 극비 중의 극비 사항이었다. 키스톤이 그 사실을 알게 된 것은 순전히 운이 좋아서였다.

그는 코일코의 행동이 심히 미심쩍다는 것을 눈치챘다. 아무리 자연스럽게 행동한다고 하더라도 관찰력이 뛰어난 키스톤의 눈에 걸리는 몇 가지 행동이 있었다.

키스톤은 코일코를 미행했다. 그리고 코일코와 몇몇 이종족들이 만나는 것을 목격했다. 그것을 보며 코일코가 뭔가를 꾸미고 있다는 것을 눈치챘다.

그것은 바로 성도 내에서의 반란.

담이 좋은 키스톤조차 심장이 내려앉을 정도로 놀랐다. 세상의 어떤 미친놈이 성도에서 반란을 일으킨다는 말인가.

더 놀란 것은 코일코의 뒤에 누군가가 있다는 것이다. 너무도 압도적인 살기 때문에 그 누군가의 정체는 확인할 수가 없었다.

하지만 누군지는 예상할 수가 있었다. 중앙 귀족 중에 이런 일을 꾸밀 수 있는 여자는 단 두 명.

테일즈 백작 가문의 장녀 샤를론즈와 다니엘 백작 가문의 영애 메딜라였다.

그리고 이런 살기를 뿌릴 수 있는 여자는 샤를론즈 한 명뿐이었다.

그녀가 어떤 밑그림을 그리고 있는지 뭔지는 모르지만 보통 일이 아니라는 것은 충분히 느낄 수 있었다.

"반란이라……."

곤의 안색이 그다지 좋지 않았다.

에리카가 해준 이야기로 인해 상당한 불길함을 느꼈던 곤이었다. 나쁜 예감은 여지없이 들어맞는다. 설마 코일코가 반란을 일으킬 주동자였을 줄이야.

일이 생각보다 꼬인다.

그는 코일코만 데리고 제국을 탈출할 생각이었다. 하지만 책임감이 강한 코일코가 혼자서 이곳을 탈출하지는 않을 것이다.

어떡하든 설득을 해야 했다.

더군다나 키스톤의 말대로라면 시간이 매우 촉박했다.

"코일코를 만나려면 어디로 가야 하지?"

"코일코는……."

키스톤이 코일코의 행방에 대해서 말을 하려던 참이었다.

"큰일 났어요."

에리카가 다급하게 방문을 열며 외쳤다. 곤과 키스톤, 자크, 슈테이는 동시에 고개를 돌려 그녀를 바라봤다. 그녀의 얼굴은 창백하게 변해 있었다.

"무슨 일이지?"

"노예들의 반란이 일어났어요."

벌써?

에리카의 말에 곤이 벌떡 일어나 밖으로 나왔다. 씽과 용병들도 밖에 나와 상황을 지켜보고 있었다.

"어떻게 된 일이지?"

곤은 씽에게 물었다.

"갑작스러운 일입니다. 그러니까 정오를 알리는 종소리와 함께 노예들이 주인들을 찔러 죽이기 시작했습니다. 그리고 보다시피 저들은 주인을 죽이고 도주했습니다."

곤은 고개를 들어 중앙 신전이 있는 곳을 바라봤다.

수십 명의 상급 신관들과 귀족들이 피를 흘리며 쓰러져 있었다.

다른 신관들이 급히 달려와 상처에서 흐르는 피를 막았지만 쓰러진 자들은 움직일 생각을 하지 않았다.

"즉사입니다. 노예들은 상당한 시간 동안 준비를 해온 듯합니다. 모두가 저 거대한 시계탑을 바라볼 때 노예들이 등 뒤로 다가가 한 방에 쓰윽."

씽은 목을 긋는 시늉을 했다.

"노예들이 어디로 간 거지?"

곤은 키스톤에게 물었다.

"제가 본 것이 맞다면 황궁으로 갔을 겁니다."

"황궁?"

"네, 그들은 황제를 볼모로 잡을 생각입니다."

"이런 미친."

겨우 노예들 따위로 황궁을 점령해? 말도 안 되는 소리였다. 장담하건대 단 한 명의 노예들도 살아남지 못할 것이다.

곤의 마음이 급해졌다.

"씽, 따라와. 너희들은 무장을 한 뒤 황궁 근처에서 나와 합류한다."

곤은 용병들에게 명령을 내렸다. 상황이 다급함을 인지한 용병들은 곧바로 숙소로 뛰어 들어가 무장을 챙겼다. 메시나 공작의 습격을 걱정하고 있을 때가 아니었다.

"저도 함께 갈게요."

에리카가 말했다.

"위험해."

곤은 고개를 흔들었다. 그녀와 말싸움을 하고 있을 시간도 없었다.

"저는 상급 수녀예요. 버프라면 자신 있어요. 충분히 도움이 될 겁니다."

곤과 절대로 떨어지지 않겠다는 에리카는 힘주어 말했다. 그녀의 입장에서는 이곳이 더욱 위험했다. 차라리 곤과 함께 움직이는 편이 안전할 것이라 그녀는 믿었다.

"위험하면 바로 도망쳐. 너까지 보호할 수는 없을지도 몰라."

"알겠어요. 제 한 몸 지킬 능력은 돼요."

에리카는 고개를 끄덕였다.

"키스톤."

"예, 곤."

"안내를 부탁해도 되겠나."

"기꺼이."

키스톤은 슈테이를 바라봤다.

일행 중에 슈테이가 가장 민첩하다. 그리고 주변 반응에 민감하다. 그가 길을 안내한다면 최단 시간 안에 황궁까지 도달할 수 있을 것이다.

"따라오시죠."

난쟁이 슈테이가 먼저 걸음을 옮겼다.

작은 키에 비해 상당히 민첩했다. 그의 뛰는 속도가 빨라지기 시작했다. 곤과 씽, 에리카는 전력을 다해 슈테이의 뒤를 쫓았다.

*　　　*　　　*

은은한 음악이 흐르는 황궁의 그랜드 홀.

족히 수백 명은 동시에 파티를 즐길 수 있을 만큼 넓은 곳이었다.

제국 최대의 명절을 즐기기 위해 대다수의 중앙 귀족과 지방 귀족들이 모여들었다.

그들은 와인 잔을 들고 산더미처럼 쌓인 산해진미를 맛보여 연줄을 늘리기 위해 계속해서 자리를 옮겨 다녔다.

메시나 공작은 막내딸을 바라봤다. 그녀의 옆에는 상당한 숫자의 귀공자들이 진을 치고 있었다. 막내딸의 관심을 얻기 위해 그들은 갖은 아양을 부렸다.

빙그레 미소를 짓고 있는 메시나 공작의 옆으로 노튼 후작이 웃으며 다가왔다.

"허허, 안녕하십니까, 공작 각하."

"글쎄요, 그다지 안녕하지 못하군요."

신전을 습격했던 일이 실패한 것에 대한 질책이었다.

"그 일은 사과드립니다. 상대의 전력을 너무 낮춰 잡았습니다. 이번 축제가 끝나면 반드시 일을 끝마치겠습니다."

"믿어도 될까요?"

"허허, 공작 각하께서는 저를 잘 아시지 않습니까. 실망시켜드리지 않겠습니다."

메시나 공작은 노튼 후작을 물끄러미 바라봤다.

저 사람 좋은 웃음에 얼마나 많은 사람들이 죽었는지 모른다. 정권을 잡기 위해 노튼 후작과 손을 잡았지만 끝까지 믿을 수는 없었다.

어떤 식으로든 뒤통수를 칠 수 있는 사람이 노튼 후작이었다.

이번 일로 아끼는 수하 하나가 죽었다.

그것을 꼬투리 잡아 노튼 후작에게 뭔가를 받아낼 수도 있었다. 하지만 메시나 공작은 그것 대신 짐을 하나 지우기로 했다.

이번 일을 너그럽게 넘어간다면 노튼 후작은 메시나 공작에게 빚이 하나 있는 셈이었다.

"그럼 부탁하오."

"여부가 있겠습니까."

"황제 폐하의 옥체는 어떠하오?"

메시나 공작은 대화의 요점을 바꿨다. 현재 가장 중요한 일이자 궁금한 일이기도 했다.

보수파나 개혁파, 양측 모두 정권을 잡지 못하는 이유가 황제의 부재 때문이었다.

황제를 손에 잡고 흔드는 이는 바로 노튼 후작을 비롯한 제국 오선.

황제와 독대를 하기 위해서는 그의 허락이 필요했다.

"많이 좋아지셨습니다. 이제는 조금씩 거동도 가능하십니다."

"오늘 옥체를 뵐 수 있겠소?"

"그것은 불가하옵니다. 거동이 가능하다는 것이지 병세가 완쾌되었다는 소리가 아닙니다."

이런 능구렁이 같은 놈.

놈이 황제를 잡고 있는 이상 개혁파도 보수파도 아무런 일을 하지 못했다. 뭔가를 하기 위해서는 황권을 뒤엎어야만 한다.

가문 대대로 황권에 충성을 해온 메시나 공작 입장에서는 황권의 전복은 꿈에서라도 꾸지 않았다.

"그런데……."

메시나 공작은 주위를 둘러보았다.

그랜드 홀에 들어섰을 때부터 알 수 없는 위화감이 그의 몸을 휘감고 있었다. 하지만 그것이 무엇인지 정확하게 알 수는 없었다.

"무엇을 찾으십니까, 공작 각하?"

주위를 두리번거리는 메시나를 보며 노튼이 물었다.

"개혁파 귀족들이 보이지 않습니다."

메시나 공작의 말에 노튼도 주위를 둘러보았다.

"그렇군요. 아모스 공작도 보이지 않고……. 테일즈 백작도, 다니엘 백작도 없군요."

"황제 폐하가 주관하시는 파티에 늦을 작자들이 아닌데."

"뭔가 이유가 있겠죠. 어디선가 모여서 머리를 맞대고 공작 각하를 몰아낼 궁리를 하고 있을 수도 있고요."

노튼 후작은 별일 아니라는 듯이 말했다.

몇몇 지방 귀족들이 메시나 공작과 노튼 후작을 알아보고 접근했다. 그들은 간이라도 떼어줄 것과 같은 표정으로 다가와 온갖 아부 섞인 말들을 뱉어냈다.

그들과 그다지 섞이고 싶지 않았는지 메시나 공작은 성의 없게 대답을 했다.

지루한 시간은 그렇게 가고 있었다. 한참을 기다렸지만 개혁파 귀족들은 나타나지 않았다. 그들의 모습이 보이지 않자 불길한 느낌을 받는 메시나 공작이었다.

"음."

메시나 공작은 어지러움을 느꼈다. 속이 메슥거렸고 머리가 아파왔다.

메시나 공작은 마스터 급에 다다른 자다. 은연중 마나로 몸을 보호하기에 질병에 걸릴 확률은 지극히 낮았다.

"어라."

점점 더 현기증이 심해졌다. 그는 비틀거리며 음식이 놓여 있는 탁자를 한 손으로 잡았다. 몸의 힘이 빠졌다.

와장창—

중심을 잃은 메시나 공작은 그대로 넘어지고 말았다. 제국의 공작이 넘어졌으니 시종들이 다가와 그의 몸을 일으켜 줘야 한다.

하지만 아무도 그에게 다가오지 않았다. 메시나 공작은 마나를 일으켰다.

"이런 일이……."

단전에 쌓여 있는 막대한 마나가 죽어 있는 생물처럼 꿈쩍도 하지 않았다. 그는 자꾸 감기려는 눈을 억지로 떠서 주위를 살폈다.

한 명씩, 한 명씩 메시나 공작과 같이 아름다운 대리석 바닥에 쓰러지고 있었다.

중앙 귀족도 지방 귀족도 그들의 시중을 드는 시종들도 모두가 쓰러졌다. 하물며 그랜드 홀의 입구를 지키는 기사들까지도 맥없이 쓰러졌다.

막내딸과 주변에 있던 귀공자들도 마찬가지였다.

서 있는 자는 오직 제국 오선뿐이었다.

독이었다.

'빌어먹을, 설마?'

메시나 공작의 머릿속이 맹렬하게 돌아갔다. 지금 상황이 좋지 않다는 것은 본능적으로 느꼈다. 그가 느꼈던 위화감은 바로 이것이었다.

그는 자신도 모르게 독을 먹고 있었던 것이다. 마스터 급인 그조차 알 수 없을 정도로 완벽한 무색무취의 독.

그리고 한 명도 보이지 않던 개혁파.

황실에서 나오는 음식에 개혁파가 독을 탈 수는 없었다. 아무리 그들이라고 하더라도 황실을 장악하고 있는 제국 오선의 눈을 피할 수는 없을 테니까.

그 말인즉.

메시나 공작은 노튼 후작을 노려봤다. 뒷짐을 쥐고 서 있던 노튼 후작이 다가와 허리를 굽히고 쓰러져 있는 메시나 공작을 바라봤다.

"어이구, 공작 각하. 거기 누워서 뭐하십니까?"

"네, 네놈이 보수파를 팔아먹었나?"

메시나 공작은 분노했다.

그를 믿지 않았지만 이토록 빨리 뒤통수를 칠 줄은 상상도 하지 못했다.

그것도 황궁 안에서.

"보수파를 팔아먹다니요. 그럴 리가 있겠습니까."

"네놈은 나와 계약을 하지 않았던가!"

너무 화가 나서인지 메시나 공작의 목소리가 덜덜 떨렸다.

"선후가 잘못 되었군요. 저는 메시나 공작 각하랑 밀약을 맺기 전에 먼저 아모스 공작 각하와 얘기가 끝났습니다."

"이이익."

메시나 공작은 어금니를 강하게 물었다.

놈은 이중 첩자였다.

저 개자식이 아모스 공작과 먼저 밀약을 맺었다면 이쪽 상황이 어떻게 돌아가는지 낱낱이 고해바친 꼴이 되었을 것이다.

"도대체 무슨 짓을 하려는 것이냐!"

메시나 공작은 노튼 후작을 이해할 수가 없었다. 지금 그가 벌이는 일은 반역에 가까웠다.

"이 뒤는 나도 모르오. 오직 아모스 공작만이 어찌 될지 알고 있지요."

"그게 무슨……."

"직접 몸으로 겪는 편이 나을 것 같습니다."

노튼 후작은 제국 오선을 이끌고 자리에서 떠났다.

거대한 그랜드 홀은 정적으로 휩싸였다.

잔잔하게 흐르던 음악도 멈췄다.

음악을 연주하던 악사들은 독에 중독되지 않았지만 당황한 기색이 역력했다. 비록 황궁에서 연주를 하기는 하지만 그들의 신분은 미천하다.

그들로서는 지금 무엇을 해야 하는지 알 수가 없었다.

와아아아아—

그리 멀지 않은 곳에서 엄청난 함성이 들렸다. 함성 소리는 점점 가까워졌다. 그 함성 소리에서 강한 악의가 느껴졌다. 심상치가 않았다.

"귀족들은 모두 죽여라! 하녀나 하인들은 내버려 둬. 황제는 반드시 찾아라. 절대로 그자를 놓쳐서는 안 된다!"

누군가 외쳤다.

"으아아아악!"

사방에서 비명 소리가 들렸다.

그랜드 홀을 지키던 기사들의 목이 달아났다. 독에 중독된 그들은 제대로 된 반항 한 번 해보지 못하고 죽임을 당하고 말았다.

의식을 잃지 않은 귀족들이 억지로 눈을 떠서 그랜드 홀 입구를 바라봤다.

"노예들?"

그들은 경악한다.

설마 미천한 노예들이 황궁을 쳐들어올 줄은 상상도 하지 못했던 모양이다.

그랜드 홀로 난입한 노예들이 쓰러져 있던 귀족들을 닥치는 대로 찔러 죽였다.

"너 네이븐 백작 이 새끼, 네가 우리 부모를 모두 죽였어!"

한 엘프는 자신의 주인을 보며 악에 받쳐 소리쳤다. 그는 제발 살려달라는 네이븐 백작의 말을 무시하고 들고 있던 도끼를 내려쳐 머리통을 박살 냈다.

그래도 분이 풀리지 않는지 계속해서 도끼를 내려쳐 사지를 절단시켰다.

그런 일이 사방에서 일어났다.

귀족들은 반항 한 번 제대로 하지 못하고 비명을 지르며 죽어갔다.

메시나 공작은 팔꿈치로 바닥을 기었다. 기어가는 것조차 너무도 힘겨웠다. 온몸에서 땀이 줄줄 흘렀다. 쓰러진 막내딸의 안위는 머릿속에서 사라졌다.

그는 성공한 인생을 살았다.

지금까지 누구도 그의 뜻을 거스르지 못했다.

마스터 급에 이르는 무력과 공국이라고 칭해도 무방할 만큼 광대한 영지를 다스리는 그를 많은 사람들이 존경해 마지않았다.

그런 그가 생각도 못 한 곳에서 위기에 처한 것이다. 어서 마나를 사용하지 못하면 정말로 죽고 만다.

바닥을 기고 있는 그의 앞에 누군가 섰다.

메시나 공작은 고개를 들어 눈앞에 있는 자를 바라봤다.

"네놈은?"

살인 게임에서 꽤나 많은 돈을 벌어다 준 검투노예, 코일코였다.

코일코는 쓰러져 있는 메시나 공작을 보며 비릿하게 웃었다. 코일코의 손에 손도끼가 들려 있는 것이 보였다. 그것으로 무엇을 할지 메시나는 알고 있었다.

"자, 잠깐만. 나랑 얘기 좀 하자. 잠깐이면 된다."

"싫습니다."

코일코는 메시나 공작의 머리를 향해서 손도끼를 내려쳤다.

퍼석!

그의 머리가 정확히 반으로 쪼개졌다. 그렇게 머리가 반으로 두 동강이 나고서는 어떤 생명체도 살 수가 없었다. 설사 죽지만 않으면 어떤 사람도 되살릴 수가 있다고 알려진 대신관이 옆에 있다고 하더라도 마찬가지였다.

대륙을 질타했던 제국의 기둥 메시나 공작이 허무하게 죽음을 맞이하고 말았다.

메시나 공작을 죽인 코일코는 주위를 향해서 소리쳤다.

"오직 귀족만 노려라. 필요 없는 살생을 피하고 황제를 사로잡아라!"

코일코의 맑은 목소리가 황궁 곳곳으로 퍼졌다.

Chapter 9. 혼란의 시간

제국 오선, 아니, 오악은 마차를 타고 황궁 밖으로 도주 중이
었다.

제국 오악의 우두머리인 노튼 후작과 나머지 4악의 얼굴들
은 딱딱하게 굳어 있었다.

"이게 말이 됩니까! 저흰 팽당했습니다. 놈들에게 당한 거라
고요."

얼굴이 긴 말상의 가튼 백작이 언성을 높였다. 다른 자들도
마찬가지였다. 울분을 참지 못해 금방이라도 황궁으로 마차를
되돌리고 싶어 했다.

"으드득."

노튼 후작은 어금니를 물었다. 그리고 열통이 터지지 않는

것은 아니었다. 이토록 감쪽같이 뒤통수를 맞을지는 몰랐다.

그는 본래 개혁파의 아모스 공작과 메시나 공작 모두와 이중 계약을 맺었다.

양손에 떡을 쥔 채 먹기 좋은 것을 삼킬 생각이었다. 결론은 개혁파와 손을 잡는 것이 낫다는 판단을 내렸다.

당연한 말이지만 메시나 공작보다 아모스 공작이 훨씬 큰 선물을 준비했기 때문이었다.

그들의 가문은 어떤 상황에서도 영원히 번영한다는 약조. 황권이 바뀐다고 하더라도 지울 수 없는 약조를 문서로 확실하게 남겼다.

마법으로 봉인된 문서가 있는 이상 아모스 공작과는 한 배를 탄 운명이나 다름없었다.

하지만…….

그런 아모스 공작이 제대로 뒤통수를 쳤다.

아모스 공작과 제국 오악은 보수파를 일거에 몰아낼 계획을 세웠다.

황제의 이름으로 매년 열리는 축제에서 보수파를 모조리 독살시키려고 한 것이다.

보수파의 귀에 절대 들어가면 안 되기에 이 사실을 알고 있는 사람은 열 명이 넘지 않았다.

극비리에 일을 진행해야 했다.

노튼 후작은 음식에 독을 넣은 요리사들을 모조리 죽인 후 수하들로 바꿔치기했다. 보수파 귀족들은 아무런 의심 없이 파티에 참석해 음식을 즐겼다.

근육을 이완시키고 마나의 사용을 일시적으로 마비시키는 무색무취의 독이었다.

사람을 살상할 수는 없지만 어떤 상대도 무기력하게 만드는 데 탁월하다. 설사 상대가 마스터 급의 기사나 상위 레벨의 마법사라고 하더라도 마찬가지였다.

물론 그 정도의 독을 구하기란 무척 어려웠다. 가격이 상상을 초월한다.

제국 내에 존재하는 모든 독을 끌어모아 사용한 것이다. 이와 같은 독을 다시 사용하기 위해서는 다른 왕국에서 수입을 할 수밖에 없었다.

보수파의 귀족들을 중독시키는 것까지는 성공했다. 문제는 그 다음이었다.

개혁파 귀족들이 아니라 난데없이 반란을 일으킨 노예들이 황궁을 침입한 것이다.

보수파의 기사들까지 중독이 된 상태에서 그들을 막을 수 있는 병력은 없었다.

소수의 병사들이 있기는 했지만 수천 명이 넘는 노예들을 상대로는 중과부적이었다.

황족이나 귀족들의 시중을 드는 시종들을 빼고는 귀족들은 너 나 할 것 없이 참수를 당했다. 어떤 귀족도 그들과 말을 섞을 수가 없었다.

노예들은 황궁을 빠르게 점령했다.

제국 오악은 그곳을 수성할 수가 없었다. 잘못하면 흥분한 노예들에게 잡혀 사지가 찢어져서 죽을 수도 있었다. 그들은 황급히 황궁을 빠져나올 수밖에 없었다.

"아모스 공작, 이 개자식."

노튼 후작은 주먹을 꽉 쥐었다. 상황이 너무 급박하여 반드시 손에 쥐고 흔들어야 할 존재를 황궁에 내버려두고 나왔다.

제국 오악에게 무소불위에 권력을 줄 수 있는 단 한 명의 존재.

황제를 황궁 내부에 그대로 두고 탈출하고 말았다. 황금 알을 낳는 거위를 내팽개치고 만 것이다.

"어쩝니까. 아모스 공작이 황제를 발견하게 되면 우리는 끝장입니다."

가튼 백작은 머리를 마구 헝클었다. 개혁파든 보수파든 황제의 상태를 보게 되면 극도로 분노할 것이 뻔했다. 어쩌면 힘을 합쳐 제국 오악의 삼족을 멸할지도 몰랐다. 아니, 확실하게 멸한다.

"제기랄, 차라리 황제를 처리했어야 하는데."

노튼 후작은 고개를 떨어뜨렸다.

그들의 최고 무기라고 할 수 있는 제국정보기관을 이용하지도 못했다.

제국정보기관은 제국 오악의 명령을 기다리며 세이튼 산속에 있는 비밀기지에서 대기하고 있을 것이다.

이렇게 황궁을 빠져나온 이상 그들과 연락을 할 방도가 사라졌다. 유일하게 연락을 할 수 있던 마법 아이템도 집무실 안에 있었다.

제국정보기관과 연락을 취할 수가 없다면 그들은 끈 떨어진 연과도 같았다.

"후작 각하, 영지로 갑시다. 영지로 가서 병력을 끌어모읍시다. 우리가 모두 합치면 족히 1만은 넘을 겁니다."

겨우 1만.

노튼 후작은 절망을 느꼈다.

1만의 병력으로는 테일즈 백작이 이끌고 있는 성도방위군단도 막지 못한다.

아무리 길게 잡아도 보름이면 제국 오악의 영지는 초토화되고 말 것이다.

그래도 다른 방도가 없었다. 최대한 빨리 영지로 돌아가 병력을 끌어 모으고 수성전을 펼쳐야 했다.

"그래, 영지로 돌아가자."

노튼 후작은 길게 한숨을 내쉬며 담담하게 말했다.

"잘 생각하셨습니다. 시간을 벌어서 아스란 왕국을 끌어들입시다. 그쪽으로 망명을 해도 되고요. 저희가 가진 무궁무진한 정보라면 아스란 왕국도 마다하지 않을 겁니다."

아스란 왕국과 협상만 잘된다면 나쁘지 않은 선택이다. 그러나 과연 그때까지 시간상의 여유가 있을까? 아스란 왕국과 제국과의 거리는 너무도 멀었다.

"후작 각하가 무슨 생각을 하는지 압니다. 하지만 저희에게는 다른 방도가 없습니다. 제가 최대한 빨리 아스란 왕국에 기별을 넣겠습니다."

"그렇게 하도록 하시오. 가튼 백작의 영지가 그나마 성도와 가장 멀리 떨어져 있으니 일말의 희망을 걸어봅시다."

"알겠습니다."

제국 오악은 살 길을 마련했다. 이제는 시간과의 싸움이었다.

개혁파가 정권을 잡았다고 하더라도 끝나는 것이 아니었다. 일차적으로 혼란스러운 현 상황을 진정시켜야 했다. 살아남은 보수파 귀족들의 일처리도 여간 골치 아픈 것이 아닐 것이다.

그것을 모두 처리하고 난 후 토벌전을 벌인다면 상당한 시간을 벌 수 있을 듯했다.

그때였다.

덜컥!

달리던 마차가 갑자기 멈췄다.

너무 급하게 멈춰 제국 오악의 귀족들은 앞으로 고꾸라질 뻔했다.

"이 새끼가! 마차 똑바로 못 몰아!"

아직 중년의 나이지만 머리가 백발로 변한 카이토 백작이 마부를 향해 언성을 높였다. 마부가 당황한 모습이 눈에 띄었다.

"제, 제가 멈춘 것이 아니옵니다. 갑자기 뒤에서 뭔가가 마차를 끌어당겼습니다."

"마차를 끌어당겨?"

"그렇습니다."

불안함을 느낀 카이토 백작이 급히 마차 뒤쪽에 있는 창문을 열고 밖을 바라봤다.

마차가 갑자기 떠올랐다. 정확히는 뒷바퀴가 있는 쪽이 붕 떠오른 것이다. 중심을 잡지 못한 제국 오악이 앞쪽으로 나뒹굴었다.

"으으윽."

무도를 익히지 못한 자들이기에 제대로 된 방비를 하지 못했다. 그들은 마차 벽면에 부딪치며 고통스러운 신음소리를 냈다.

"으아아악!"

마부의 비명 소리가 들렸다.

마차가 완전히 뒤집히고 있는 것이 아닌가.

제국 오악은 카이토 백작이 연 창문을 보았다. 거구의 오크가 마차를 잡은 채 뒤집고 있었다. 그들은 믿을 수가 없다는 표정을 지었다.

엄청난 괴력을 지닌 자라면 마차를 뒤집는 일 따위는 어렵지 않게 할 것이다. 그런 자가 많지는 않겠지만 없는 것도 아니었다.

하나 잘 단련된 말 8필이 전력으로 달리는 마차를 뒤쪽에서 잡아 멈춰 설 수 있게 하는 자는 그들의 머릿속에는 없었다. 그건 괴력이 아니라 괴물이었다.

육상에서 가장 강한 파괴력을 지닌 오거라고 하더라도 불가능할 듯했다.

콰콰콰쾅—

그들의 생각은 길지 못했다. 오크가 마차를 완전히 뒤집었다.

마부는 넘어진 말에 깔려 죽었다.

"으으윽, 너, 너는 뭐야!"

절망스러운 표정을 짓고 있는 카이토 백작의 음성이 떨려왔다.

"나?"

거구의 오크가 어깨를 으쓱거렸다.

"돈이냐? 돈이라면 얼마든지 주겠다. 그러니 우리를 보내다오."

"나는 볼튼이라고 하지. 지금은 상대방과의 약속을 지키는 중이고. 너희들은 잡으면 내 원수 놈의 위치를 가르쳐 준다고 했거든. 고로 돈 따위는 필요 없어."

볼튼은 한쪽 입술을 비틀며 웃었다.

제국 오선 혹은 제국 오악.

황제를 등에 업고 무소불위의 권력을 휘두르던 5명의 귀족들.

막강한 권세를 자랑하는 개혁파와 보수파조차 함부로 하지 못했던 인물들이 그들이었다.

권모술수에 탁월하여 어떤 상황에서도 살아남았던 그들이

지만 이번만큼은 확실하게 느끼고 있었다.

'우리는 죽는다.'

볼튼은 맨손으로 마차를 잡아 뜯었다. 습격에 대비하기 위해서 마법사들이 방어력을 향상시켜 놓은 마차였지만 장난감처럼 구겨지며 뜯겨 나갔다.

"제발 살려주게. 내 전 재산을 주겠네. 제발."

가튼 백작이 볼튼 앞에 무릎을 꿇고 빌었다. 볼튼은 빙긋 웃으며 그의 머리를 손바닥을 쥐었다. 손가락이 그의 두개골을 짓눌렀다.

"으아아아악!"

퍼석!

비명과 함께 가튼 백작의 머리가 수박처럼 폭발했다. 머리가 사라진 가튼 백작은 뒤로 넘어갔다. 볼튼은 손가락에 묻은 가튼 백작의 뇌수를 털어냈다.

"으아아아아."

대단한 무력을 가진 자들 사이에서도 탁월한 균형감각으로 외줄을 탈 줄 아는 능력을 가졌던 노튼 후작. 그 역시 심한 무력감을 느끼며 비명을 지르고 말았다.

"시끄러!"

노튼 후작의 머리가 볼튼의 주먹에 박살이 나고 말았다. 남은 귀족들은 덜덜 떨며 수장인 노튼 후작이 죽는 것을 지켜보았다.

절대적인 공포 앞에 그들이 할 수 있는 아무것도 없었다.

닫힌 황궁의 문을 지키고 있는 엘프의 리더 사리나는 안정을 찾지 못했다.

그와 친한 엘프들이 다가와 진정 좀 하라고 말했지만 도저히 그럴 수가 없었다.

그의 선택에 수많은 동료들이 목숨을 잃고 말 것이다.

돌이킬 수 없는 두 개의 길.

하나는 엘프족을 살리고 다른 종족들을 죽이는 일이다.

또 다른 하나는 모든 종족을 살리고 인간들과 맞서는 것이다.

모두가 쉽지 않은 선택이었다.

어떤 선택을 하더라도 사리나는 평생 죄책감에 파묻혀 살아야 할 터였다. 당장에라도 도망가고 싶을 만큼 그는 심한 압박감을 느끼고 있었다.

"문을 열어라."

성문 밖에서 들리는 낭랑한 여성의 목소리.

가장 듣고 싶지 않았던 목소리가 들렸다.

꿀꺽.

심장이 심하게 뛰며 마른침이 넘어갔다.

그들이 왔다.

무기들을 들고 성문을 지키던 엘프들이 사리나를 바라봤다.

절대로 문을 열어서는 안 된다고 그들의 눈빛은 말하고 있었다.

저들은 아무도 모른다.

이 사실에 대해서 알고 있는 자는 오직 사리나 본인뿐이니까.

"살고 싶으면 성문을 열어라."

황성은 황제가 기거하는 곳이다.

제국에서 손꼽히는 무력을 가지고 있는 황금 기사단이 기거한다.

개개인이 최상급의 실력을 가졌다는 최강의 기사단이지만 독에 당한 후 노예들에게 잡혀 몰살을 당했다.

지금 황궁 안은 무주공산이었다.

문제는 황궁의 문이 닫히면 자동적으로 발생하는 마법진이었다.

단순한 마법 공격만 막아낼 수 있는 그런 보호막이 아니었다. 온통 사문(死門)뿐인 강력한 진법이 함께 발동한다.

최소 1개 군단을 수개월 이상 막아낼 수 있는 최고의 마법진이 발동하는 것이다.

그렇기에 안쪽에서 문을 열어주지 않으면 어떤 상대도 황궁 안으로 침입을 할 수가 없었다. 지금은 노예들을 보호해 주는 절대 안전장치였다.

"귀족들의 군대가 당도한 모양입니다. 절대로 열어줘서는 안 됩니다. 예정대로 황제를 생포하여 우리의 안전권을 확보

합시다.”

사리나를 따르는 엘프들이 말했다.

그들의 말에 귀가 솔깃하다. 솔직히 말하면 저들의 말을 따르고 싶었다.

하지만 그러기에는 위험부담이 너무도 컸다.

사리나와 약조를 한 그 여성은 반드시 엘프족을 살려준다고 하였다.

사리나는 주먹을 꽉 쥐었다.

코일코와 다른 종족들을 배신하게 되겠지만 사리나에게는 다른 방도가 없었다.

“문을 열어라.”

사리나가 엘프들에게 명령했다.

“네?”

엘프들은 사리나의 말을 이해하지 못했다.

“문을 열어라. 저들은 우리와 같은 편이다.”

“그게 무슨. 황궁 밖에 있는 자들은 분명 인간의 군대입니다. 저들이 무슨 우리 편이란 말입니까.”

“틀림없이 저들은 우리 편이다. 우리 각 종족의 리더들은 저들과 밀약을 맺었다. 저들이 권력을 잡게 해주는 대신에 저들은 우리에게 자유를 주겠다고.”

“정말입니까?”

엘프들은 못 미더운 눈초리로 사리나를 바라보았다.

“그럼 우리가 무슨 방도로 이곳에서 빠져나가겠는가. 아무리 황제를 생포한다고 하더라도 임시방편일 뿐이다. 저들의 길을 열어주지 않으면 우린 모두 굶어 죽고 말 거야. 우리가 살기 위해서는 저들이 길을 터줘야 한다."

"그, 그래도."

"내가 책임지지. 문을 열어."

이렇게까지 말을 하는데 엘프들은 사리나의 믿지 않을 수가 없었다.

주춤거리던 몇몇의 엘프들이 황궁의 거대한 성문을 안쪽으로 당겨서 열었다. 성문은 부드럽게 열렸다.

성문 밖에는 엄청난 대군이 오열을 맞춰 언제라도 전투를 벌일 수 있게 대기하고 있었다.

저벅저벅.

붉은 갑옷을 입은 기사들을 필두로 완전무장을 한 중장보병들이 성안으로 진입을 시작했다.

황궁의 성문 밖에 있는 자들은 테일즈 백작의 성도방위군단이었다. 테일즈 백작은 그중에서 가장 전투력이 높은 자들만 뽑아 급히 이곳에 투입했다.

이곳에 있는 군대가 성도방위군단에서도 핵심 전력이라고 할 수 있었다.

모두가 사전에 약속을 한 터라 이곳까지 진입하는 데는 오랜 시간이 걸리지 않았다.

붉은 갑옷을 입고 있던 테일즈 백작이 성문 밖에서 높이 솟은 황궁을 바라봤다.

안에서 얼마나 많은 사상자가 발생했는지 성문 밖까지 피 냄새가 진동을 하고 있었다.

보수파는 어떤 상태일까. 많은 귀족들이 죽었을까?

황궁을 보호하는 막강한 위력의 마법진만 아니었다면 당장 에라도 진격을 명령했을 것이다.

끼이이익―

성문이 열렸다.

"이제 끝이 보이는군."

테일즈 백작이 말했다.

"아니, 이제 시작이지요, 아버님."

모든 상황의 밑그림을 그린 샤를론즈가 고개를 흔들었다. 테일즈 백작은 고개를 돌려 샤를론즈와 장남인 텐바를 번갈아 가며 바라봤다.

텐바가 바라는 세상은 젊은 귀족들이 뜻을 펼칠 수 있는 난 세.

텐바의 계획을 전적으로 돕고 있는 장녀 샤를론즈.

가장 의문이 드는 것은 과연 샤를론즈가 텐바의 계획을 돕 고 있는 것일까라는 것이다.

아버지인 자신도 샤를론즈를 믿을 수가 없을 때가 많았다. 딸의 의중을 단 한 번도 알아낼 수가 없었다. 지금 벌어지고 있는 상황은 제국 역사의 남을 만한 어마어마한 일이었다.

그것을 아무렇지도 않게 행한 샤를론즈의 심계가 두려웠다.

더군다나 이것이 끝이 아니라고 말한다.

'네가 바라는 세상은 무엇이냐?'

테일즈 백작은 묻고 싶었다. 물론 딸의 입에서 질문에 대한 답이 나올 것이라 생각지는 않았다.

"입궐하자."

테일즈 백작이 앞장서서 걷기 시작했다.

그의 양옆으로 텐바와 샤를론즈가 나란히 섰다. 테일즈 백작 등 뒤에는 환상의 기사단이라고 불리는 레인보우가 함께했다.

저벅저벅.

그리고 강렬한 투기를 내뿜고 있는 1만에 달하는 성도방위 군단이 성안으로 밀려들었다.

성문 안에는 사리나와 엘프들이 무기를 버려둔 채 한쪽 무릎을 꿇고 있었다.

사리나는 한쪽 무릎을 꿇은 채 샤를론즈를 바라봤다.

"약속대로 이행했습니다."

엘프족을 놓아달라는 말과도 같았다.

샤를론즈는 눈으로 웃었다. 그것이 무엇을 뜻하는지 몰라 사리나는 불안감을 느꼈다. 그녀는 선천적으로 뭔가가 결여되어 있는 듯했다.

스르릉.

텐바가 검을 빼 들었다. 그는 기사들과 병사들을 향해 잔인한 명령을 내렸다.

"황제를 제외하고는 이곳에 있는 모든 자를 죽여라."

"명을 받듭니다."

기사들과 병사들이 일제히 움직였다. 그들은 가장 근처에 있던 엘프들을 먼저 찔러 죽였다. 무기를 버리고 무릎을 꿇고 있던 상태라 엘프들은 제대로 된 대항을 하지 못하고 죽어갔다.

"이, 이게 무슨. 멈추시오! 당장 멈추란 말이오!"

사리나가 벌떡 몸을 일으키며 외쳤다.

"역도들과 섞을 말은 없다."

텐바는 검으로 사리나를 가리키며 말했다.

"약조가 틀리지 않소! 분명 약속했잖소. 우리 엘프족에게 자유를 주겠다고!"

텐바는 샤를론즈를 바라봤다. 그녀는 아무런 일도 없었다는 듯이 고개를 돌렸다. 마치 사리나의 말이 들리지 않는다는 듯.

"이 마녀! 분명히 약속했잖아!"

사리나는 검을 들어 샤를론즈를 향해서 덤벼들었다.

하지만 그녀를 보호하고 있는 수많은 기사들을 뚫을 수는 없었다.

레인보우 중의 한 명인 옐로우 나이트 메티가 그의 검을 가볍게 막았다. 튕겨져 나간 사리나의 뒤에는 어느새 텐바가 자리를 잡고 있었다.

텐바는 사리나의 귓가에 속삭였다.

"네놈은 나중에 가장 잔인하게 죽여주지."

사리나는 뒷목에 강한 충격을 느꼈다. 의식이 사라져 간다. 그가 마지막으로 본 광경은 처참하게 말살당하고 있는 동족들의 모습이었다.

1만에 달하는 병력이 황궁을 피바다로 물들였다. 그들이 오기 전까지 황궁을 점령했던 노예들은 최대한 살생을 피했다. 귀족이 아닌 자들은 반항이 심하지 않으면 손도 대지 않았다.

하지만 성도방위군단의 병사들은 그렇지 않았다. 그들의 손속은 노예들보다 훨씬 잔인했다.

그들은 닥치는 대로 살아 있는 생명체를 죽였다. 황궁에서 일하던 시종들도, 기절해 있던 몇몇 경비병들도 모조리 죽어 나갔다.

노예들은 두말할 것도 없었다.

노예들은 완전무장을 한 중장보병들의 막강한 전투력에 힘없이 무너졌다.

그들과 부딪친 노예들은 너 나 할 것 없이 죽음을 면치 못했다.

"아, 아니, 도대체 성문이 왜 열린 거야?"

드워프의 리더인 네이긴은 사지를 떨며 말했다. 황궁의 성문이 닫히면 밖에서는 절대로 침입할 수 없다고 그들은 들었다. 성문만 확보하면 인간들과 협상을 하기란 어렵지 않을 것이라 여겼다.

제국의 성도에서 반란이 일어난 것도 모자라 황궁을 점령당하고 황제가 생포당했다는 소문이 주변국으로 퍼지기라도 하면 큰일이 난다.

그동안 쌓아왔던 제국의 명성이 하루아침에 추락하게 된다. 그것을 막기 위해서라도 귀족들은 하루빨리 노예들과 타협을 맺을 것이라 생각했다.

하지만 성문이 뚫린 상태에서는 인간들과 어떤 조약도 맺을 수가 없었다.

성문이 뚫리는 경우는 단 하나뿐이었다.

믿고 싶지는 않지만······.

엘프족 사리나의 배신.

그가 인간들과 한통속이 되었다면 가능한 일이었다. 그렇게 된다면······.

외통수다.

"코일코, 무슨 수를 써야 돼. 안 그러면 우리 모두 죽는다고."

오코스키가 답답한 듯이 코일코를 재촉했다. 해일처럼 밀려오는 인간의 군대를 그들로서는 막을 수도, 막을 능력도 없었다.

"내가 시간을 벌어보지. 너희들은 살아남은 종족들을 데리고 황궁의 반대편으로 도망을 쳐라. 그곳에서 성벽을 넘어 도망쳐. 마법진이 풀렸으니 성벽을 넘는 것도 어렵지 않을 거야."

"너는?"

"말했잖아. 어차피 실패하면 살 생각 따위는 조금도 없었다."

"그, 그렇지만."

오코스키와 다몬, 네이킨은 망설였다. 코일코를 남겨두고 간다는 것은 그를 죽으라고 떠미는 것과 다를 바가 없었다. 그들은 양심의 가책을 느꼈다.

"어서 가. 더 이상 지체하면 모두 죽는다. 산 자들은 살아야지."

"미안하다."

"미안할 필요 없어. 내가 할 일을 할 뿐이니까."

그들은 코일코의 어깨를 한 번씩 치며 살아남은 노예들을 데리고 황궁 뒤쪽으로 향했다.

코일코는 양손에 손도끼를 쥐었다. 사부님이 애용하는 무기가 손도끼다. 그와 같은 손도끼를 들고 있자니 사부님의 투지가 마음속으로 들어오는 듯했다.

사부님께서는 항상 말씀하셨다. 적들과 맞서는 것은 '물러서지 않는 용기'라고.

죽기 전에 사부님의 얼굴을 한 번 보고 싶었는데.

물밀 듯이 밀려오는 적들을 모두 쓰러뜨릴 것이라 여기지는 않는다.

그래, 단지 발버둥을 칠 뿐이다.

마음이 차분해진다.

코일코는 황궁 안으로 들어서는 엄청난 대군에 맞서 걸음을 옮겼다.

하지만······.

"으아아아악!"

그의 뒤쪽에서 비명 소리가 들렸다. 황궁 뒤쪽으로 빠져나가려고 했던 소수의 노예들이 함정에 걸려서 떼죽음을 당하고 있었다.

"이, 이런."

남은 자들이라도 지키기 위해서 코일코는 죽음을 각오했다. 하나 지금과 같은 상황이라면 그는 괜한 개죽음을 당하는 꼴이었다.

코일코가 머뭇거리는 사이 중장보병들이 빠르게 다가와 포위했다.

수백 명이 물 셀 틈 없이 몇 겹으로 포위하여 도저히 빠져나갈 구멍이 보이지 않았다.

"이 개자식들아!"

코일코는 손도끼에 내공을 불어넣으며 포위망을 뚫으려고 했지만 계속해서 튕겨졌다.

몇 번이나, 몇 번이나 코일코는 바닥을 나뒹굴었다. 그를 죽일 생각은 없는지 병사들은 방패를 이용해 계속해서 튕겨내기만 한다.

"호호호호."

포위망 너머로 익숙한 여성의 목소리가 들렸다. 코일코는 비틀거리며 일어났다.

포위망이 양옆으로 갈라졌다. 그 사이로 아름다운 외모를 가진 한 여성이 걸어 들어왔다.

또각또각.

존재감이 엄청난 여성이었다.

코일코는 그녀를 잘 알고 있었다. 바로 이번 반란을 주도하게 해준 인물이 아니던가. 그녀의 상세한 정보로 인해 반란을 주도면밀하게 준비할 수가 있었다.

"당신은 왜 여기에?"

"내가 왜 여기에 왔겠어? 아, 내 이름이 뭔지 모르지? 나는 샤를론즈라고 해. 테일즈 백작 가문의 장녀지."

코일코의 머릿속이 실타래처럼 어지럽게 뒤엉켰다.

지금 저 여자가 무슨 소리를 하고 있는 것인가. 그럼 지금까지 모든 노예들이 저 여자의 손아귀에서 놀아났다는 말인가?

"아마 네가 생각하는 것이 맞을 거야. 맞아. 너희들은 아주 잘해줬어. 덕분에 훨씬 길어질 싸움을 단기간에 마무리 짓게 되었지."

"겨우 너희들의 권력욕 때문에 수천이 넘는 우리들을 모조리 죽음으로 몰아넣었다는 말이냐!"

그녀를 믿었는데.

노예들을 위해서 정보를 준 것이라 여겼는데!

코일코는 진심으로 분노했다. 이제껏 누군가를 이토록 죽이고 싶기는 처음이었다. 볼튼에게도, 뮤질란의 오크들에게도 이런 감정은 느끼지 않았다.

살기 위해 그녀의 말을 들었지만 처음부터 느꼈던 얼음처럼 차가운 위화감은 바로 이것이었다.

정말로 생각하고 싶지 않았다. 그래서는 안 된다고 배웠다.

희망을 버리지 말라는 사부님의 가르침.

하지만 현실은 달랐다.

코일코와 노예들에게 희망은 없었다.

"으아아아악!"

코일코는 샤를론즈를 향해서 덤벼들었다. 저 여자를 죽이고 자신도 죽고 말겠다는 살의가 사방으로 뻗어 나갔다. 그의 모든 내공이 손도끼에 집중되었다.

"훗, 화가 나? 왜 나한테 화를 내지? 어차피 선택은 네가 한 거야. 네가 나와 손을 잡지 않았다면 성도에 있는 수많은 노예들이 죽지 않았을 거야."

"닥쳐! 닥치라고!"

코일코가 휘두른 손도끼는 샤를론즈를 호위하고 있는 기사들에 의해서 튕겨졌다.

상당한 실력을 가진 코일코였지만 테일즈 백작이 자랑하는 레인보우 기사단을 뚫을 수는 없었다.

"저 녀석을 사로잡아. 모두에게 본보기를 보일 필요가 있으니까."

샤를론즈의 말에 기사들이 앞으로 나왔다.

코일코는 두려움 따위는 느끼지 않았다.

공포도 없었다.

단지 모든 것이 무너졌다는 깊은 절망을 느낄 뿐이었다.

"으아아아악! 이 빌어먹을 세상아!"

절망에 빠진 코일코의 처절한 절규가 황궁 곳곳으로 퍼져나갔다.

*   *   *

황궁의 깊숙한 지하.

테일즈 백작과 텐바는 누군가를 지켜보고 있었다.

피골이 상접했다고 해야 할까.

피부는 이미 까맣게 죽어버렸다. 눈동자의 초점도 없었다. 눈가에서 진물이 나와 탁자 위에 떨어졌다. 그럼에도 그는 진물을 닦지 않았다.

시체와도 같은 모습.

한쪽 구석에는 배설물이 가득했다. 악취가 진동을 한다.

바로 그가 제국의 최정점에 위치한 황제 쿤타 안드리아 7세였다.

지금의 모습으로는 도저히 황제라고 믿을 수가 없었다. 그가 황제인 것을 알려주는 것은 머리 위에 놓인 왕관 때문이었다.

"저, 정말로 저분이 황제?"

텐바 역시 믿을 수가 없었다. 아주 어렸을 적에 그는 딱 한 번 황제를 알현한 적이 있었다. 텐바가 기억하는 황제는 거대하고 따뜻한 분이었다.

과연 이런 분이 제국을 다스릴 수 있는 분이구나, 라고 생각
했었다.

하지만 지금 눈앞에 보이는 노인은 아무리 봐도 그가 알던
황제가 아니었다.

뼈밖에 남아 있지 않은 그는 고급 펜을 들고 탁자 위에 뭔가
를 반복해서 쓰고 있었다. 가까이 다가가서 확인하니 본인의
사인이었다.

"황제 폐하께서 살아 계신 겁니까, 아버님?"

"죽지도 살지도 않았다."

"죽지도 살지도 않았다?"

"그래, 황제 폐하는 수명을 다하셨다. 황제 폐하의 수명을
누군가 강제로 잡아서 늘린 것 같다. 가슴에 새겨진 룬어로 보
아 흑마법일 확률이 높다."

황제의 심장 근처에 적힌 룬어에서 심상치 않은 기운이 물
씬 풍기고 있었다. 지독히도 암울한 기운이었다.

"황제 폐하의 목숨을 강제로 늘려야 하는 놈들은?"

"맞아. 아마도 노튼 후작을 비롯한 그 자식들이겠지. 지금
까지 황제 폐하를 꽁꽁 숨겨둔 이유가 바로 이것이었다. 천벌
을 받을 놈들."

"황제 폐하는 본래의 모습으로 돌아올 수 있을까요."

"무리야. 지금도 의식이 없으시다. 하나의 행동만을 반복하
고 계시지. 강제로 불어넣은 생명력이 다할 때까지 저 행동만

을 하실 거다."

누구든 본연의 필적이라는 것이 있다. 마법으로 복사를 하지 않는 이상 필적은 흉내 내지 못한다.

특히 황제의 사인이라면 본인을 빼고는 누구도 쓸 수가 없었다.

제국 오악은 자신들이 정한 정책을 실행에 옮기기 위해 황제의 사인이 반드시 필요했을 터였다. 그들은 목숨이 다한 황제의 생명을 억지로 연장하고 사인을 하는 행동만을 반복하게 만들었다.

의식도 없이, 의지도 없이.

죽지도 살지도 못한 채 생명력이 다할 때까지.

간신들을 가까이했던 황제의 비참한 말로였다.

"황제는 자식이 없다."

테일즈 백작은 담담하게 말했다. 하지만 그 말뜻의 무게는 결코 가벼운 것이 아니었다.

황제의 자리가 공석이 되었다.

권력을 손에 쥔 자들은 개혁파였다. 이제 황제의 자리에 앉기 위한 개혁파들 간의 무시무시한 싸움이 시작될 것이다.

지금까지와는 비교도 할 수 없는 피의 싸움이.

*   *   *

난쟁이 슈테이는 태어났을 때부터 장애가 있는 것은 아니었다. 그는 어렸을 적에 척추가 휘는 희귀병을 앓았고 더 이상 뼈가 자라지 않았다.

그가 자란 가정에 돈이 많았다면 고쳤을지도 모르는 병이다.

하지만 슈테이의 가족은 찢어지게 가난했고 약을 지어 먹을 돈도 없었다.

하루의 끼니를 걱정하는 날이 많은 가정이었다. 슈테이의 위로는 네 명의 형과 누나, 밑으로는 세 명의 동생이 더 있었기에 더 신경을 쓰지 못했는지도 모른다.

고열을 앓던 슈테이는 정신을 잃었고 눈을 떴을 때는 열 명이 되지 않는 신관들이 사는 신전의 앞이었다. 부모에게 버려진 것이다.

가까스로 병이 나았지만 그의 키는 더 이상 크지 않았다. 키가 크지 않아서인지 그는 모든 사람들의 놀림감이 되었다. 심지어 신관이라는 작자들은 슈테이를 자신들과 같은 방을 쓰지도 못하게 하였다.

매일 같은 구타.

매일 같은 욕설.

매일 같은 치욕은 슈테이의 자존감을 땅바닥까지 떨어뜨렸다.

그는 자신이 살아가야 하는 이유도 찾지 못했다. 자살을 하기 위해 몇 번이나 절벽 위에 올랐는지도 모른다.

신전을 뛰쳐나온 이유는 신관들이 그를 서커스단에 팔아치

우려고 했기 때문이다. 서커스는 귀족들에게 웃음을 주기 위한 전유물이다.

그리고 서커스단에서 일을 하는 자들은 인간의 대우를 받지 못했다. 간혹 난쟁이를 사자와 한 우리에 넣고 얼마나 오래 도망 다니는지 웃으면서 보기도 했다. 그 와중에 상당한 수의 난쟁이들이 죽는다.

서커스단에 팔려 가기 싫었던 슈테이는 신전을 나와 도망쳤고 정처 없이 대륙을 떠돌았다. 하지만 난쟁이인 그에게 도움을 주는 사람은 아무도 없었다.

열흘 이상을 물만 먹고 버텼던 슈테이는 끝내 쓰러지고 말았다. 그런 그를 구한 사람이 바로 키스톤이었다. 의식이 멀어지고 있는 슈테이를 향해 키스톤은 말했다.

"개똥밭에서 굴러도 저승보다는 이곳이 낫다. 죽지 마라, 꼬맹이—"

슈테이에게 있어서 키스톤은 생명의 은인. 그를 위해서라면 지옥의 불구덩이라도 뛰어든다.

황궁을 향해 전력으로 뛰던 그는 뒤를 힐끗 바라봤다. 예상대로 곤과 씽은 그에게 떨어지지 않고 잘 따라오고 있었다. 의외인 것은 성녀 에리카였다.

그녀의 능력은 신의 목소리를 듣는 신탁이라고 알려져 있었다.

당연히 육체적인 능력은 무척 약할 것이라 여겼다. 한데 그녀는 곤과 씽에게 떨어지지 않고 잘 따라오고 있었던 것이다.

"얼마나 남았나?"

곤이 물었다.

"조금만 더 가면 됩니다."

슈테이는 짧게 대답했다. 전력을 다해 뛰고 있기에 말 한마디로 호흡이 흐트러질 수가 있었다.

멀리서 드높이 하늘을 향해서 솟구쳐 있는 황궁이 보였다. 거리로 봐서는 10분 내외로 도착할 듯싶었다.

"곧 도착……."

슈테이가 곤에게 도착 신호를 보내려던 차였다. 거대한 마나의 파동이 갑작스럽게 그를 덮쳤다. 놀란 슈테이가 급히 팔을 들어 마나의 파동을 막았다.

퍼어어엉!

슈테이의 몸이 흰 연기에 휩싸였다.

그는 멀리 튕겨져 저택의 담벼락을 부수고 처박혔다. 워낙 강력한 타격을 받아서인지 슈테이는 제대로 몸을 가눌 수가 없었다.

곤과 씽, 에리카가 멈췄다. 그들의 뒤를 바짝 쫓던 키스톤과 자크 역시 뛰던 걸음을 멈췄다.

곤은 정면을 바라봤다.

아주 익숙한 인물이 다가오고 있었다.

강철과 같은 근육이 터질 것만 같은 그는 볼튼이었다. 그의 뒤로는 엄청난 살기를 내뿜고 있는 12명의 오크가 함께였다.

하필 이럴 때.

언젠가 그를 만날 것이라 여겼다. 놈과 다시 만나게 되면 반드시 끝장을 보리라 생각했다. 하지만 지금과 같은 상황에서는 아니었다.

놈은 길목을 지키고 있었다.

누군가 곤의 행동반경을 꿰고 있다. 하지만 누가 어디서 자신을 지켜보고 있는지는 확인을 할 수가 없었다. 누군지 몰라도 굉장한 은신술이다.

물론 눈에 보이지도 않는 높은 상공에서 매가 그를 쫓고 있으리라고는 곤은 전혀 생각하지 못했다.

"볼튼……."

곤은 낮은 음성으로 볼튼의 이름을 불렀다.

"큭큭큭. 그래 나다, 볼튼. 이게 얼마 만이냐 곤, 나의 오랜 벗이여!"

"웃기는군. 내가 네 친구라고?"

"친구지. 서로 죽여야만 발을 뻗고 잘 수 있는 친구."

"그 말에는 동감하지."

곤의 양쪽 손바닥에 작은 회오리와 불꽃이 생겨났다. 이곳에서 노닥거리고 있을 시간이 없었다. 속전속결로 저들을 처리하고 코일코에게 가야 한다.

곤은 양손을 앞으로 쭉 뻗었다.

"파이어 스톰!"

작은 회오리는 점점 커지며 불길을 흡수했다. 회오리는 강렬한 불길을 내뿜은 파이어 스톰이 되어 볼튼을 덮쳤다.

"곤! 겨우 이 정도면 나는 무척이나 실망할 것이다! 하압!"

지금까지 강대한 파괴력을 보여줬던 파이어 스톰이 볼튼이 외친 기합 한 번에 공중에서 산산조각이 나며 흩어졌다.

곤의 얼굴근육이 딱딱하게 경직되었다.

이번 일격으로 12명의 오크가 뿔뿔이 흩어지게 할 생각이었다. 흩어진 오크들을 각개격파하는 것은 어렵지 않았다.

그만큼 곤과 씽은 각자의 무력에 자신이 있었다.

하지만 초장부터 곤의 생각이 무너졌다.

설마 파이어 스톰이 이토록 허무하게 사라질 줄은 그조차 예상하지 못했다.

"큭큭큭, 친구여. 소개하지. 나의 수족들을. 만만하게 보지 않는 것이 좋을 거야."

볼튼의 말과 함께 12명의 오크가 동시에 움직였다. 볼튼만큼이나 거대한 덩치들이 상당히 빨랐다. 이제껏 봐왔던 오크들과는 비교도 안 되는 속도.

"형님."

씽이 안색을 찌푸리며 곤을 불렀다.

"그래, 놈들은 마나를 사용한다."

곤도 느꼈다. 저들은 보통의 전사가 아니었다. 개개인이 뿜어대는 살기는 이미 용자를 넘어섰다.

상당히 가까운 거리라 술법을 사용하기에도 늦었다. 곤은 손도끼를 꺼내 들었다.

챙—

씽 역시 열 개의 손톱이 몸 밖으로 튀어나왔다.

곤과 씽의 몸에서 밝고 희미한 빛이 생겨났다. 놀랍게도 몸이 무척이나 가벼워졌다. 힘이 솟았으며 컨디션이 갑자기 좋아졌다.

지금과 같은 몸 상태라면 언제까지라도 지치지 않고 싸울 수 있을 듯했다.

"제 능력 버프예요. 비록 직접적인 전투에는 참여하지 못하지만 전력을 다해서 서포트하겠어요."

에리카가 말했다.

곤은 주먹을 말아 쥐었다. 온몸에서 힘이 넘치고 있었다. 어쩌면 에리카의 능력을 과소평가했는지도 모른다. 이렇게 대단한 능력을.

"이게 버프?"

"맞아요, 그게 제 능력이에요."

"멋지군."

"코일코를 구해야죠. 지지 마세요."

"그래, 자, 볼튼, 죽음의 게임을 시작해 볼까."

곤과 씽은 볼튼과 12명의 오크를 향해서 달려 나갔다.

강력한 힘을 가진 두 무리가 강렬한 파동을 내며 충돌했다.

Chapter 10. 침묵의 노래

"으으윽."

의식을 잃었던 곤이 벌떡 자리에서 일어났다. 갑자기 몸을 일으켜 고통스러운지 가슴을 부여잡고 신음을 흘렸다.

"괜찮아?"

안드리안이 걱정스러운 표정을 지으며 물었다.

곤은 안드리안을 바라봤다. 왜 이곳에 안드리안이 있지? 라는 표정이었다.

"기억 안 나?"

"기억?"

"그래, 지금 너희들이 왜 이곳에 와 있는지."

곤은 주위를 둘러보았다. 씽은 가슴에 붕대를 칭칭 감은 채 먼저 깨어나 있었다.

용병들은 근심스러운 얼굴로 곤을 바라보고 있었다.

볼튼, 12명의 오크, 안드리안, 식신, 용병……

그제야 곤의 머릿속에는 퍼즐이 맞춰지기 시작했다.

*　　　*　　　*

곤과 씽은 거친 숨을 몰아쉬었다. 에리카의 버프로 인해서 본래의 능력보다 2할 이상 능력치가 상승했음에도 오크들과 정면 대결에서 이겨내지 못했다.

12명의 오크는 강하다. 강한 줄은 알고 있었다. 그렇다고 하더라도 질 것이라고는 생각하지 않았다. 최소한 그들은 상대방의 역량을 파악할 정도의 수준은 됐기 때문이다.

곤과 씽의 착오는 볼튼이었다.

곤과 볼튼이 헤어졌을 당시 둘의 실력은 종이 한 장 차이였다. 열 번을 싸운다면 볼튼이 여섯 번을 이기고 곤이 네 번을 이기는 정도였다.

하지만 당시와 비교해 곤의 실력은 비약적으로 상승했다. 그때와는 비교도 할 수 없을 정도였다.

하여 곤은 볼튼의 실력을 낮춰 잡았는지도 모른다. 자신보다는 강하지 않을 것이라고.

오만이자 편견이었다.

볼튼은 곤의 예상을 훨씬 뛰어넘었다. 그는 재앙술을 익힌 곤보다 족히 두 배는 강했다.

믿을 수가 없었다.

가장 놀라운 것은 볼튼은 잡스러운 사술 따위는 하나도 익히지 않았다는 것이다.

볼튼의 강함의 근본은 투기(鬪技)였다. 그의 투기는 과거와는 비교도 할 수 없을 정도로 강했다.

그의 투기는 곤이 사용할 수 있는 재앙술을 모조리 무력화시켰다.

씽의 전투력도 훨씬 넘어섰다.

볼튼이 내뿜는 투기가 씽의 마력을 먹어치웠다. 씽은 무한에 가까운 마나를 가지고 있었다.

비록 너무 큰 에너지이기에 자유롭게 사용하지 못하지만 지금껏 씽을 넘어서는 마나 보유자를 보지 못했다.

그러나 지금의 볼튼은 그런 씽마저도 상대가 되지 않았다.

볼튼을 중심으로 12명의 오크가 톱니바퀴 맞물리듯 완벽한 호흡을 보여주었다.

곤과 씽은 볼튼의 옷자락 하나 건드리지 못하고 나뒹굴고 말았다. 12명의 오크가 펼치는 합격술에 자잘한 상처도 입었다.

"힐링! 스트렝스!"

거친 숨을 내쉬고 있는 그들에게 에리카는 또 다른 버프를 걸어주었다.

곤과 씽의 상처들이 빠르게 아물더니 어느새 사라졌다. 약간의 흉터만 남았다.

체력 또한 마찬가지로 회복되었다. 거칠었던 숨이 차차 정상을 되찾았다.

첫 번째 경합에서는 밀렸지만 이번에는 그러지 않을 자신이 있었다. 너무 무턱대고 볼튼과 손을 섞었다. 이번에는 곤과 씽이 합격술을 펼칠 차례였다.

에리카가 보좌를 하는 이상 질 것 같지가 않았다.

"가자."

"예, 형님."

곤과 씽이 다시 한 번 허공으로 뛰어 올랐다.

하지만 결과는 마찬가지였다.

이번에는 더욱 위험했다.

하마터면 볼튼의 손에 잡혀 씽의 목이 부러질 뻔했다. 곤이 사력을 다해 뇌전의 술을 펼쳐 볼튼을 맞추지 않았다면 지금쯤 씽은 죽은 목숨이었다.

세 번째도, 네 번째도 곤과 씽은 볼튼을 쓰러뜨리지 못했다.

가장 큰 문제는 곤의 히든카드라고 할 수 있는 펑펑을 쓰지 못한다는 것이다. 볼튼과 오크들에게서 희미한 정령의 냄새가 느껴졌다.

만약 펑펑이 모습을 드러내면 저들은 기다리지 않고 계약된 정령들을 소환해 펑펑을 공격하게 할 것이다.

펑펑이 강해지기는 했지만 13마리나 되는 정령들을 혼자서 감당할 수는 없었다.

사투는 길어졌다.

시간은 계속해서 흘렀다.

어느덧 중천에 떠 있는 해는 사라지고 부서진 달이 떴다. 코일코를 구하기에는 이미 늦었다. 이제는 살아만 있기를 바랄 뿐이다.

"헉헉헉."

곤과 씽은 점점 지쳐 갔다.

그들에게 계속해서 버프를 걸어주던 에리카는 반동력을 이기지 못하고 혼절을 하고 말았다.

그들에게 걸어준 버프만 족히 수십여 회. 버프를 사용할 줄 아는 신관들은 평균 하루에 한 번 정도만 사용한다. 그만큼 몸에 무리가 오기 때문이었다.

한데 에리카는 곤과 씽을 구하기 위해 수십 회가 넘는 버프를 사용했다.

여자의 몸으로 그 모든 반동력을 받아내기란 쉬운 일이 아니었다.

지금까지 버틴 것만 하더라도 기적이다.

키스톤과 자크는 어디로 사라졌는지 보이지 않았다. 그들은 곤과 씽, 볼튼이 사투를 벌이는 동안 정신을 잃은 슈테이를 데리고 사라졌다.

그들을 탓할 마음은 조금도 없었다. 괜한 싸움에 말려 개죽음이라도 당하면 곤이 미안할 터였다.

그렇다고 하더라도 지금의 상황은 너무 좋지 않았다.

볼튼과 12명의 오크는 아직 정정하다.

"예전 마을에 있을 때 네가 했던 말이 기억나는군. 도수도였던가. 아이들에게 그것을 가르칠 때 했던 말이지. 최소한의 힘으로 최대한의 손상을 입혀라. 그 말, 아주 요긴하고 써먹고 있어."

볼튼이 말했다.

하긴 확실히 이상하다.

아무리 볼튼과 오크들의 체력이 월등히 좋다고 하더라도 지금은 비상식적이었다.

버프까지 받은 곤과 씽의 공격을 아무런 피해 없이 막아낼 수는 없는 노릇이었다.

그렇다면 그들의 체력이 많이 떨어지지 않은 이유는 하나뿐이었다.

"그렇군. 나를 상대하기 위한 진법인가."

"빙고."

볼튼은 비릿하게 웃었다.

12명의 오크가 펼치고 있는 진법.

곤이 용병들에게 가르쳤던 진과 비슷했다.

12명의 오크는 볼튼을 중심으로 최대한 힘을 아껴가며 곤과 씽을 상대했다.

정확히는 곤의 모든 기술을 그들이 파악하고 있는 듯했다.

아주 쉽게 공격을 파훼한다.

철저하게 곤을 연구하고, 파악하여 오직 곤만을 죽이기 위해서 만들어진 진법이었다.

볼튼의 예상을 훨씬 뛰어넘지 않는다면 당해낼 수가 없었다.

"움직일 수 있어?"

곤이 씽에게 물었다.

"최대의 출력을 낸다면 한 번 정도 더 싸울 수 있어요."

씽은 고개를 끄덕이며 대답했다.

사실 에리카가 보좌를 하지 않았다면 곤이나 씽 모두 팔과 다리 하나쯤은 잘려나갔을 것이다. 어쩌면 첫 번째 대결에서 죽었을지도 모를 일이었다.

하지만 겉으로 큰 상처가 없다고 해서 속까지 멀쩡한 것은 아니었다.

너무 막대한 마력을 소모하느라 내장이 뒤틀리기 시작했다. 더 이상 버틸 수가 없었다. 버텼다가는 마력에 육신이 먹히고 만다.

자신의 의지로 행동하지 못하는 그런 인간이 되고 마는 것이다.

그래도…….

놈들의 진법에 약점이 없는 것은 아니었다. 진법의 핵인 볼튼을 중심으로 12명의 오크가 유기적으로 움직인다. 즉, 볼튼만 없다면 진법은 눈이 녹듯이 와해되고 말 것이다.

"오직 볼튼만 노린다."

볼튼을 노린다는 것은 팔다리 하나쯤은 각오하라는 말이었다.

그 말의 의미를 알고 있는 씽이지만 당연하다는 듯이 고개를 끄덕였다.

"좋아, 가자."

곤과 씽은 모든 마력을 짜냈다.

곤이 들고 있는 손도끼에서 푸르른 아지랑이가 일렁거렸다. 뚜렷하고 선명한 빛을 내고 있었다.

씽의 손톱에서도 그의 은발만큼이나 아름다운 은빛이 흘러나왔다.

오러가 생겨남과 동시에 둘은 볼튼을 향해서 움직였다.

가장 빠른 속도.

그들이 낼 수 있는 최고의 속력이었다.

얼마나 빠른지 그들이 있던 자리에 환상처럼 잔재가 남았다.

12명의 오크조차 놀랄 정도의 가공할 속력으로 둘이 볼튼을 향해서 날아왔다.

곤은 지상에서 씽은 허공에서 볼튼을 노렸다. 약간의 오차도 허용하지 않는 둘만의 합격술이 펼쳐졌다.

그들은 화살보다 빠르다.

오직 볼튼만 노린다.

생각이 있는 자라면 진법의 핵심인 볼튼을 보호해야 한다.

하지만 12명의 오크는 그러지 않았다. 갑작스럽게 몸을 피해 길을 내주는 것이 아닌가.

함정이다.

그것을 눈치챈 곤과 씽이었지만 절호의 기회를 놓칠 수도 없었다.

겨우 1초의 공방. 아니, 그보다 적은 콤마 단위의 시간일지도 모른다. 그 짧은 시간 동안 곤과 씽은 볼튼의 목을 딸 수 있다고 여겼다.

"킄킄킄, 나의 친구여! 걸렸구나."

볼튼은 품에서 스크롤 한 장을 꺼냈다. 그는 그것을 찢으며 주문을 외웠다.

동시에 하늘과 땅에서 엄청난 뇌전이 튀어나와 곤과 씽을 휘감았다.

"크으으윽!"

"컥!"

혈관을 찢는 엄청난 고통이 그들의 전신을 꿰뚫었다.

"괴롭지? 킄킄킄, 프리즌 썬더라는 상위 흑마법이지. 여러 가지 제약이 따르기는 하지만 걸리기만 하면 절대로 안에서는 빠져나오지 못한다. 죽을 때까지 발버둥을 쳐봐."

볼튼은 차가운 눈빛으로 곤을 보며 이죽거렸다.

그의 말대로였다. 곤과 씽이 뇌전의 감옥 안에서 아무리 용을 써도 밖으로 나올 수가 없었다.

누군가 밖에서 스크롤에서 튀어나온 뇌전의 촉매를 없애

지 않으면 이 지옥은 곤과 씽이 죽을 때까지 끝나지 않을 것
이다.

쉴 새 없이 쏟아지는 뇌전의 파괴력은 재앙술 2식인 뇌격의
술과도 맞먹는다.

한 발만 제대로 맞아도 즉사인 뇌전을 곤과 씽은 수십 발도
넘게 견뎌냈다.

전사로 단련된 강인한 육체와 정신력이 아니었다면 진작 목
숨을 잃었을 것이다.

곤과 씽이 더 이상 견디기가 어려울 지경에 처했을 때였다.

어디선가 날아온 거대한 검이 프리즌 썬더의 촉매제를 강타
했다.

퍼퍼펑—

미칠 듯이 뇌전을 상하로 내리치던 프리즌 썬더가 눈 깜짝
할 사이에 사라졌다.

허공에 뜬 채 뇌전을 고스란히 받아내던 곤과 씽이 흙바닥
에 떨어졌다.

그들은 움직이지 못했다.

약한 숨을 쉬고 있는 것으로 보아 아직 숨은 붙어 있는 모양
이었다.

"누구냐!"

지금까지 냉정하게 이성을 유지하며 곤을 죽음의 직전까지
몰아넣었던 볼튼이 불같이 언성이 높았다.

지금까지 강해지기 위해서 자신의 모든 것을 걸었다. 오직

곤을 잡기 위해서였다.

죽을 위험을 무릅쓰고 고대 던전에 맨몸으로 부딪치기도 했다. 암흑의 투기를 얻기 위해 리치가 가진 영혼의 그릇을 통째로 삼킨 적도 있었다.

그 결과 볼튼은 곤을 쓰러뜨릴 힘을 얻었다. 그리고 바로 지금 이 순간이 그토록 바라던 시간이었다.

곤의 죽음이 확정되는 시간.

그것이 깨지자 볼튼은 잠시나마 이성을 잃고 만 것이다.

"그리 흥분하지 말라고."

붉은 머리의 한 여성이 나타났다. 그녀가 나타날 때까지 볼튼을 물론이고 12오크도 눈치채지 못했다.

수련을 떠났던 안드리안이 절묘한 순간에 모습을 드러낸 것이다.

그녀는 아무렇지도 않게 걸어 나와 거대한 검을 잡고 어깨에 얹었다.

볼튼은 두 명의 오크에게 눈짓을 했다.

명령을 받은 두 명의 오크가 거대한 해머를 휘두르며 안드리안에게 덤벼들었다.

"오, 힘깨나 쓰게 생겼는데? 그런데 어쩌나. 힘이라면 나도 자신이 있어서 말이야."

안드리안은 한 손으로 거대한 검을 휘둘렀다. 그녀의 검이 덩치 큰 오크들이 휘두른 해머와 부딪쳤다.

퍼퍼퍼엉!

놀라운 일이 벌어졌다.

오크들이 휘두른 해머가 산산조각이 나며 깨지는 것이 아닌가. 충격을 이기지 못한 오크들은 왔던 자리로 튕기고 말았다.

엄청난 완력을 자랑하는 오크 두 명이 휘두른 해머를 안드리안은 한 팔만 휘둘러서 막아냈다.

"쿨럭."

안드리안과 부딪친 오크들의 입에서 상당한 양의 피가 역류했다.

단 일 합에 내상을 입고 만 것이다.

"이 미친년이 뒈지려고."

"미친년 좋아하고 앉아 있네. 어이, 너무 우리를 만만하게 보지 말라고. 무지막지한 오크 씨."

다시 검을 어깨에 올리며 안드리안이 말했다.

"우리?"

"그래, 우리."

안드리안의 뒤로 세 명의 사내가 모습을 드러냈다. 겉으로는 평범해 보이는 용병들이었다.

하지만 드러난 이빨은 그들이 평범한 존재들이 아니라는 것을 뜻했다.

녹색 눈빛이 일렁이는 그들에게서 느껴지는 기운은 무척이나 기기괴괴했다. 한 번도 본 적이 없는 기운이기에 상대의 역량을 함부로 평가할 수도 없었다.

더군다나 피부를 바늘로 찌르는 듯한 엄청난 살기.

강자였다.

17명이나 되는 용병들도 헐레벌떡 나타났다. 그들은 재빨리 상황을 파악하고 쓰러져 있던 에리카와 곤, 씽을 부축해 뒤로 물러났다.

볼튼은 눈앞에 있는 안드리안과 기괴한 살기를 내뿜고 있는 세 명의 용병 때문에 섣불리 앞으로 나설 수가 없었다.

오크들의 진법은 오로지 곤을 상대하기 위해서 특화된 것이다. 다른 성질을 가진 자들과 맞서게 되면 큰 위력을 발휘할 수가 없었다.

"이봐, 오크 씨, 그만 뒤로 물러나지. 보면 알겠지만 지금 붙으면 그쪽도 온전치 못할 거야."

정답이다.

가장 큰 문제는 곤에게 버프를 걸어준 여자가 정신을 차리기 시작했다는 것이다.

그녀가 지금 모인 모든 자에게 버프를 걸어주게 되면 상황은 상당히 심각해진다.

어쩌면 곤을 죽이지도 못하고 큰 상처를 입을 수가 있었다.

"볼튼 님, 지금은 물러날 때입니다. 곤을 잡을 기회는 반드시 옵니다."

잠자코 볼튼을 따르고 있던 한 오크가 볼튼에게 넌지시 자신의 의견을 얘기했다.

그는 게우스란 오크였다.

볼튼은 상상을 초월하는 괴력으로 모든 것을 파괴한다. 인간의 척도로 보면 마스터 급에 다다랐는지도 모른다. 어쩌면 진작 넘어섰을지도 모르고.

하지만 그런 볼튼에게도 사소한 약점이 있었다.

곤에 대한 증오가 강해서인지 쉽게 흥분을 하는 경향이 있었다.

흥분을 하게 되면 앞뒤 가리지 않고 상대와 맞붙는다. 함정에 빠지기 쉬운 성격인 셈이었다.

그런 그를 유일하게 제어할 수 있는 자가 게우스였다. 뛰어난 두뇌와 언변, 임기응변은 여느 오크들의 능력을 훨씬 뛰어넘었다.

그가 아니었다면 제아무리 볼튼이라고 하더라도 이토록 빠르게 강해지지는 못했을 것이다.

볼튼을 만류한 게우스는 갑작스럽게 나타난 안드리안과 용병들을 보며 말했다.

"당신의 목표가 곤이라는 사내인 것은 압니다. 그에 대한 증오가 얼마나 강한지도 압니다. 하지만 그것으로 끝낼 것은 아니지 않습니까? 마스터, 당신은 오크 용자를 뛰어넘는 위대한 자가 되어야 합니다. 겨우 이런 곳에서 저런 자들과 사생결단을 낼 필요는 없습니다. 기회는 반드시 옵니다."

"네 말이 맞다."

볼튼은 고개를 끄덕였다.

지금껏 게우스의 말을 들어서 손해 본 적은 단 한 번도 없었다.

지금은 물러날 때이다.

볼튼은 의식을 잃고 있는 곤을 보았다.

그래, 이렇게 죽일 쉽게 죽일 필요는 없지. 천천히, 제발 죽여달라고 외칠 때까지 고통스럽게 해주마.

"물러난다."

볼튼은 등을 돌렸다. 안드리안과 용병들은 안중에도 없는 듯한 행동이었다. 사실 그러했다. 그들이 등 뒤에서 덤벼드는 것이 볼튼이 원하는 바였다.

하지만 안드리안과 용병들은 볼튼과 오크들을 건드리지 않았다.

12명의 오크도 사라졌다. 그들의 인기척이 느껴지지 않자 안드리안이 다급하게 외쳤다.

싸울 테면 싸우자, 라고 말을 했지만 내심은 그렇지 않았다. 볼튼과 맞붙게 되면 곤과 씽이 죽을지도 몰랐다. 어쩌면 이곳에 있는 모든 용병이 몰살당할 수도 있었다.

그만큼 볼튼은 강했다. 그들이 물러나 준 것은 자신들의 전력을 잃지 않기 위해서였다. 안드리안 입장에서는 천만다행이지 않을 수가 없었다.

"젠장, 제대로 당했다. 어서 곤과 씽을 옮겨. 서두르지 않으면 위험해!"

　　　　　*　　　　*　　　　*

"으음."

안드리안의 말을 들은 곤은 옅은 신음을 내뱉었다. 너무도
자만했다는 것을 뼈저리게 느낀다.

세상의 강자가 얼마나 많은데 겨우 그 정도 강해졌다고 상
대를 얕잡아 봤다는 말인가.

안드리안만 하더라도 그렇다. 무슨 수를 썼기에 이리도 빨
리 강해졌을까.

나는 우물 안의 개구리였구나.

다시는 자만을 하지 않겠다. 곤은 그렇게 맹세했다. 설사 상
대가 어린아이라고 하더라도 얕잡아 보지 않을 것이다.

"내가 의식을 잃은 지 얼마나 지났죠?"

곤은 안드리안에게 물었다.

"나흘."

"나흘……."

나흘이면 역사가 바뀌기에 충분한 시간이었다.

"그럼 노예 반란은?"

"……."

아무도 대답하지 않았다. 용병들은 곤과 눈을 마주치지 못
하고 돌려 버렸다.

"실패했어."

안드리안이 대신 대답했다.

"그, 그럼 코일코는?"

곤의 목소리가 떨려왔다.

심장이 '쿵' 하고 내려앉는 듯했다.

혜인에게 너무도 돌아가고 싶었다. 하지만 코일코를 내버려 둘 수는 없었다. 그 아이만큼은 목숨을 걸고서라도 살리고 싶었다.

"아직은 살아 있어."

살아 있어?

다행이다. 정말 다행이다.

하지만 안드리안의 다음 말이 곤을 더욱 절망 속에 빠뜨렸다.

"오늘 반란을 일으킨 자들의 공개 처형이 열릴 거야. 그중에 코일코가 있어."

공개 처형!

곤은 급히 몸을 일으켰다. 너무 큰 타격을 입어서인지 몸이 완전치 않았다. 조금만 움직여도 뼈마디가 엉클어지며 튕겨 나갈 것만 같았다.

그래도 이렇게 앉아 있을 수는 없었다.

"으윽."

중심을 잡지 못한 곤이 휘청거렸다. 안드리안이 급히 그의 팔을 잡아 넘어지지 않게 지탱해 주었다.

"어딜 가려고?"

"코일코에게 가야 합니다."

"죽고 싶어? 이 몸으로는 안 돼. 상처가 상당히 중하단 말이야. 잘못하면 죽어."

곤은 천천히 몸의 중심을 잡았다.

칭칭 감겨 있던 붕대도 풀었다. 그는 안드리안의 두 눈을 똑바로 보며 말했다.

"죽어도 상관없습니다. 저는 코일코를 구해야 합니다."

"고향으로 돌아가야 한다면서. 네 아내가 아파서 기다리고 있다면서. 네가 여기서 죽으면 혼자 남을 아내를 생각해봐!"

안드리안이 언성을 높였다.

지금 곤을 보내면 반드시 죽는다. 설사 전혀 다치지 않은 상태라고 하더라도 마찬가지였다.

테일즈 백작의 성도방위군단을 뚫고 코일코를 구할 수 있는 확률은 제로라고 해도 무방했다.

개죽음일 뿐이다.

"저는 아내를 사랑합니다. 지금도 가슴 한곳이 꽉 막힌 것처럼 그녀가 그립습니다. 하지만 그녀도 이해해 줄 겁니다. 그녀의 남편은 작은 아이를 구하기 위해서 목숨을 던졌다고. 만약 제가 그 아이의 죽음을 모른 척한다면 아내는 크게 실망을 할 겁니다. 그런 저를 아내에게 보여줄 수 없습니다."

확고한 의지.

자신은 죽어도 코일코만큼은 살려야겠다는 곤의 꺾을 수 없는 의지였다.

안드리안과 용병들도 곤의 강인한 의지를 피부로 느꼈다.

"저는 형님과 함께 갑니다. 설사 그것이 죽음의 신 곁이라고 하더라도."

씽은 가슴을 묶은 붕대를 풀면서 말했다.

"저희도 마찬가집니다. 부단장님께 큰 은혜를 입었으니 보답을 해야죠."

식신으로 되살아난 불킨과 퍼쉬, 체일도 자리에서 일어나며 무기를 쥐었다.

곤은 그들에게 고향으로 돌아가도 좋다는 자유의지를 주었다. 그들의 능력이라면 기사를 능가한다. 충분히 혼자서 벌어 가족들을 먹여 살릴 수 있었다.

하지만 그들은 떠나지 않았다.

자신들이 곤에게 필요가 없어질 때 떠나겠노라고 말했다. 그럴 필요 없다고 곤이 답했지만 그들은 고개를 저었다.

비록 식신의 몸이지만 그들은 의리가 있었다.

"우리도 가만히 있을 수는 없지."

게론이 의자에서 일어나며 말했다. 다른 용병들도 마찬가지였다.

"우리는 흉포의 용병단이라고요. 한 번 뭉쳤으면 끝까지 함께 가는 겁니다."

용병들은 곤을 보며 싱긋 웃었다.

"미친놈들. 안드리안의 말 못 들었어? 다 죽을 수도 있다고."

"곤과 함께라면 그것도 나쁘지 않지요. 우리는 함께합니다."

"역시 미쳤군."

곤은 피식 웃고 말았다.

『마도신화전기』 6권에 계속…

이 시대를 선도하는 이북 사이트

이젠북

www.ezenbook.co.kr

더욱 막강해진 라인업!
최강의 작가들이 보이는 최고의 재미.

이들의 "유료연재"가 시작됩니다!

김재한 『성운을 먹는 자』
홍정훈 『월야환담 광월야』
이지환 『어린황후』
좌백 『천마군림 2부』
김정률 『아나크레온』

태제 『태왕기 현왕전』
전진검 『퍼팩트 로드』
방태산 『완벽한 인생』
왕후장상 『전혁』
설경구 『게임볼』

검색창에 **이젠북** 을 쳐보세요! ▼ Q

즐거운 인생

미더라 장편 소설

FUSION FANTASTIC STORY

A Bittersweet Life

삶의 의욕을 모두 잃은 주혁.
어느 날 녹이 슨 금속 상자를 얻는데……

"분명 어제도 3월 6일이었는데?"

동전을 넣고 당기면 나온 숫자만큼 하루가 반복된다!

포기했던 배우의 꿈을 향해 다시금 시작된 발돋움.
눈앞에 펼쳐진 새로운 미래.

과연 그는 목표를 이루고
인생을 바꿀 수 있을 것인가!

Book Publishing CHUNGEORAM

유행이 아닌 자유추구 -
WWW.chungeoram.com

내일을 향해 쏴라

김형석 장편 소설

FUSION FANTASTIC STORY

1만 시간의 법칙!
'성공은 1만 시간의 노력이 만든다'는 뜻이다.

그러나…
사회복지학과 복학생 수.
전공 실습으로 나간 호스피스 병동에서
미지와 조우하다.

1만 시간의 법칙?
아니, 1분의 법칙!

전무후무한 능력이 수에게 강림하다!
맨주먹 하나로 시작한 수의
인생역전이 시작된다!

Book Publishing CHUNGEORAM

유행이 아닌 자유추구 –
WWW.chungeoram.com

강준현 장편 소설

FUSION FANTASTIC STORY

개척자

Pioneer

『복수의 길』의 강준현 작가가 선보이는
2015년 특급 신작!

글로벌 기업의 총수, 준영.
갑자기 찾아온 몽유병과 알 수 없는 상황들.

"…누구냐, 넌?"
혼돈 속에서 순식간에 바뀐 그의 모든 일상.
조각 같던 몸도, 엄청난 돈도, 뛰어난 머리도 모.두. 사라졌다!

스스로도 알 수 없는 낯선 대한민국의 밑바닥부터
다시 시작해야 하는 준영.

"젠장! 그래, 이렇게 산다!
대신 나중에 바꾸자고 하면 절대 안 바꿔!"

그는 과연 이 상황을 극복하고 자신의 운명을
새롭게 개척해 나갈 수 있을 것인가!

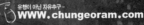

[세상을 다 가져라]

문피아 선호작 베스트 작품 전격 출간!
현대판타지, 그 상상력의 한계를 넘어서다!

권고사직을 당한 지 2년째의 백수 권혁준.

우연히 타게 된 괴상한 발명품으로 인해
과거로 회귀한다!

그런데
과거로 온 혁준의 손에 들려 있는 것은 바로
최신형 스마트폰!

"까짓 세상, 죄다 가져 버리겠다 이거야!"

백수였던 혁준의 짜릿한 인생 역전이 시작된다!

Book Publishing CHUNGEORAM

유행이 아닌 자유추구 -
WWW.chungeoram.com